# 御子柴くんの甘味と捜査

若竹七海

中央公論新社

目次

# 御子柴くんの甘味と捜査

# 哀愁のくるみ餅事件

1

「おい、長野。な～が～の～」

出勤して、紙袋を置いた途端に、横柄な声で呼びかけられた。振り向くと、玉森剛《たまもりつよし》が入口付近に仁王立ちになり、飼い犬でも呼ぶかのように手招いていた。

そういう態度が似合う風体《ふうてい》体格の人間は、警察には山ほどいる。似合ってさえいれば、それに従うのも、案外苦痛ではない。が、玉森のあだ名はモヤシ。本人にそのあだ名を知られたとき、機転のきくやつが、

「玉森さん、いつもしゃきっとしてらっしゃるから」

とかなんとか言い訳したのを真に受けて、かえって本人、喜んでいるときくが、玉森をひとめみれば由来のほどは誰にでもわかる。

その吹けば飛ぶようなモヤシの声は響き渡るような低音である。あまりのギャップに「コイツ、ただ者じゃないかも」と勘違いした上司が何人もいたらしく、警視庁捜査一課の主任におさまっている。

「早く来いよ、長野」

「入ってくればいいじゃないですか」

「バカヤロウ、そういうこと言っていいのか。内緒話なんだよ。困るのはオレじゃなくて、おめえのほうなんだよ」

細い身体のうえに、危なっかしく乗った頭をゆらゆらさせて、玉森はしきりと手招いてくる。朝っぱらから話したくないなあ、と思いながら視線をめぐらすと、課長と目があった。課長は顎《あご》をしゃくった。やかましいから早くなんとかしろ、と言いたいらしい。

ため息をついて、玉森に近づくと、二の腕をつかまれて廊下に引っ張り出された。

「昨日の午後八時半頃どこにいた」

「なんですか、やぶからぼうに」

玉森は顔を近づけてきた。甘ったるい息が鼻をつく。甘党なのである。七十二時間の張り込み中に、三十八個のあんぱんを食べたという伝説がある。

「いいから答えろ」

ドスのきいた声。でも目が笑っている。刑事が朝から刑事ドラマのコントかよ。

「その時間でしたら、ここで報告書をあげてましたが」

「それを証明してくれるやつは？」

「佐嶋《さじま》さんと、竹花《たけはな》が一緒でした」

「本部を出たのは何時だ？」

「十時過ぎですかね。まっすぐ家に帰りましたよ」

玉森は大きな頭をぐいと近づけてきた。

「長野の家は調布《ちょうふ》だったな。すると、蒲田《かまた》とは方向違いだ」

蒲田など、生まれてこの方、足を踏み入れたこともない。

「蒲田で事件ですか」

一課の刑事が気にする事件といえば殺人だが、新聞に出てたか？

「無銭飲食だ」

「……はあ？」

「蒲田の大衆食堂で、無銭飲食を働いたヤツがいたんだよ。そいつは警察バッジのようなものを見せて、本庁の長野と名乗り、尾行中だから勘定はあとで払うと言い置いて、逃げやがった」

全身の力が抜けた。

「あのですね、玉森さん。前から言ってますが、私の名前は長野じゃありません。御子柴《みこしば》将《すすむ》です。み・こ・し・ば！」

「バカヤロウ、おまえのことは長野と呼ぶ。これは本部の共通認識だ。文句があるなら長野県に帰れ」

「帰れるもんならとっくに帰ってますよ」

「なんだと？」

「要するに、私が無銭飲食したと思ったわけですね」

「本部に長野なんて刑事はいないからな。おまえがホントに尾行中で、勘定を払いにいくのを忘れたんだったら、事件になるのは気の毒だから確認してやっただけだ。ありがたく思え」

思えるか。

本部の一課の主任さまが、所轄の無銭飲食を口実に、わざわざ足を運ばれた。なにか面倒な頼みを抱えているに決まっている。おととい きやがれとでも言いたいところだが、宮仕えの身、辞職の覚悟がなければ言えない。よその〈宮〉に間借りの身分では、これはもう、絶対に言えない。

「……それは、わざわざ、ありがとうございます」

「いやなに、いいんだよ。おまえもあれだ、ひとりで飛ばされて、たいへんだよなあ。オレひとりじゃろくに面倒みれねえけどよ。せめても、少しくらいは、心配りしてやってもいいんじゃないかなあ、と、そう思ったわけよ」

「ご配慮、感謝します」

「あ、いいんだよ、気にしなくても。礼とかそんなのいらねえから。まあ、どうしてもって言うなら、ちょっとばかり、な。頼まれてもらえるとありがたいんだけどよ」

なんだ、面倒な調べものか、助っ人に出ろってか。御子柴が身構えると、玉森はぶっきらぼうに言った。

「前に上田土産に〈雷電くるみ餅〉ってのもらったことあるんだけどな。うまいよなあ。くるみ餅なんて全国にあるのに、あれは格別じゃないか。なに、長野は長野のくせに〈雷電くるみ餅〉を知らないのか。ダメだろ。一度食べてみろよ。ただなあ、お取り寄せとなると面倒だし、この稼業じゃ旅行なんてムリだし、なんだ、上田は長野県だろ……」


デスクに戻って、ピンクの付箋に赤いサインペンで〈らいでんくるみもち〉と大書して手帳に貼った。県内に警察学校時代の同期がちらばっているとはいえ、上田か……頭の中で住所録をめくる。

うわ、いないよ、上田に知り合いなんか。

斜め前に座っている竹花一樹《かずき》がちらっと笑みを見せた。

「お留守居役《るすいやく》もたいへんですねえ。江戸のお菓子を国元に送らなくてはならないし、お国元の名産品を江戸の役人にふるまわなくちゃならないし」

「うるさいよ」

口ではそう言ったが、茶化してもらえて助かった、という気分だった。本格的に居合術を学んでいるという竹花は、時代小説の愛読者でもあって、御子柴をはじめ、各道府県警からこの捜査共助課に出向してきている捜査員を〈お留守居役〉と呼ぶ。

確かに、自分のやっていることは、参勤交代で殿様がお国入りしたっきりの江戸留守居役みたようなものだ。手帳に貼られた何枚もの付箋を眺め、こっそりため息をついた。

御子柴将は長野県警の警察官である。出身は東京、とはいっても多摩東部、調布市。サラリーマンと専業主婦時々パートの両親が二十五年ローンで買った、敷地ぎりぎりまでめいっぱい建物、窓を開けると隣家の壁、という実家で育ち、小中高と公立を出て二流どころの私立大に入った。御子柴の感覚では、平凡を絵に描いたような氏育ちだ。

大学で山岳部に入り、広々とした空間に身を置く喜びにとらわれた。勉強そっちのけで山にはまり、将来は警察で山岳救助をしたい、と思うようになって、長野県警の試験を受けたら受かってしまった。

これで数年後には山岳遭難救助隊に配属されるぞ、とトレーニングも怠りなく、日々の業務に励んでいたのに、ある事故が原因で膝を痛め、紆余曲折《うよきょくせつ》、刑事になった。

事故の当初は少々、グレもしたが、刑事になってついた上司がいいひとで、教わるうちにこの仕事が好きになってきた。人生思ったようにはいかない。それでも現実を受け入れて生きていくしかない。

悟りを開いた気になって、所轄署の捜査員としてそれなりに働き、それなりの成果をあげ、昇進試験も受けてそれなりの階級になり、三十をすぎてそれなりの年齢になり、そろそろ上司に頼んで見合いでもセッティングしてもらい、それなりの家庭でも営もうか——と思っていた矢先、署長に呼ばれた。

「きみね、御子柴くん。東京の出身だったね。東京の地理には詳しいね」

たたきあげの署長は旧梓川《あずさがわ》村の出身で、人生の大半を長野で——正確には松本平ですごしてきた。長野県は面積は広いが山が多く、市街地のほとんどが盆地にある。道路やトンネル、長野新幹線の整備で以前に比べればかなり盆地間の往来がしやすくなったとはいえ、地元以外の県内に行くくらいなら名古屋か東京に出る方が早い、というのが、署長にとっての常識である。

その反動なのか、面積が小さく交通機関にも困らない東京出身者なら、東京のことはなんでもわかるだろう、と思いこんでいるらしかった。

実際には、御子柴は実家周辺と大学のあった池袋周辺以外の場所はほとんど知らない。むしろ山岳部にいた関係上、長野や岐阜、山梨のほうが詳しいくらいだ。

そのとき御子柴は、上司の小林舜太郎《こばやししゅんたろう》警部補とともに追いかけていた高級自動車連続窃盗事件の犯人のひとりが、六本木のマンションに愛人を囲っている、という情報をつかんだばかりだった。ドケチな署長が珍しくも出張費用を出すつもりらしい、と踏んで、大ぼらを吹いた。

「ま、自慢じゃありませんが、東京の地理はひととおり頭に入ってますよ」

「実家も東京だったな」

「はい、といっても区内じゃありませんが」

実を言えば、父親が定年退職したので、〈松本にマンションを買い、雪かきも面倒な家の手入れもなく、近くに病院やスーパーがあって、東京に比べれば空気が澄んで山に近い、地方の都市暮らし〉をしたい、というのが両親の意向で、実家もまもなく売りに出される予定なのだが、そんなことまで説明しなくてもいいだろう。

「うむ」

署長はうなずき、咳払いをした。

「御子柴くん。きみ……東京に行ってくれるかね」

なんで実家の場所なんか聞いたんだ、そうか、宿泊費用を出さないつもりなんだ、まあ、いいか、どうせ実家に泊めてもらうつもりだし、交通費が出るだけましだ。

「はい、喜んで」

「うむ」

署長は今度は嬉しそうにうなずき、立ち上がった。

「数日で本部から連絡があると思う。それじゃ、がんばってくれたまえ」

握手されて、署長室を出て、上司に報告すると、小林警部補は首をひねった。

「なんだかおかしな具合ですねえ。たかが出張ですよ。なのに本部の指示を、それも数日待てっていうのは」

言われてみるとその通りだったが、深く考えずにいて数日後、長野県警本部から辞令が届いた。警視庁捜査共助課への出向を命ずる、という内容に、御子柴は仰天した。

犯罪者は警察の管轄など、おかまいなしだ。犯罪者でなくても、警察の都合を考えて動く人間はいない。埼玉の人間が、北海道で知り合った新潟の女性をめぐって岩手県在住の男を殺害し、香川の人間に目撃され、遺体を長野の山中に遺棄して沖縄に逃げ、それを鳥取の知り合いに漏らしてしまった、なんて事件は珍しくもない。ことに東日本では、近隣トラブルか骨肉の争い以外の事件には、しばしば東京が絡んでくる。

そこで、警視庁内に、地方の県警本部から、連絡調整役として捜査官を派遣して常駐させるというシステムができた。御子柴はそれに選ばれてしまったのだ。

後で聞いたところでは、最初に出向予定だった人間が病気になり、次の候補者が親の介護を理由に辞退し、辞令直前に飲酒運転で逮捕される者、容疑者に刺される者、まるで呪いがかかったかのように次々と候補者が脱落したらしい。

本来なら、なにしろ天下の警視庁に長野県警の看板を背負って出向するわけであるから、経験の浅い所轄の刑事などではなく、大きな事件にいくつも関わり、本部を経験して、調整役をするのに長《た》けた、人柄の練れた人材であるべきだ。

それがこんな騒ぎになって、当初候補にもあがっていなかった御子柴の名前が出た。調べてみると、業績はそこそこ、とりたてて問題を起こしたこともない。それどころか独身だから単身赴任にはならないし、東京出身なら今さら浮かれてハメをはずしたりもしないだろうし、実家があるなら住居の手配をする必要もなく、余分な住宅手当を出さなくてもいい。

ちょうどいいや――となったというわけだ。

いい加減な話だが、正式に辞令が下りてしまった以上、断るわけにもいかない。紛《まぎ》らわしい言い方をした署長を恨み、大抜擢《ばってき》じゃないですかとお祝いにくる同僚に当たり散らし、両親から老後の予定が狂ったと文句を言われ、小林警部補に愚痴《ぐち》をこぼしまくった末、御子柴はふたたび運命を受け入れることにして、東京にやってきた。

最初のうちは内心びくびくしていたものの、落ち着いてみればそれほど悪い職場ではなかった。出向前は、警視庁と長野県警は犬猿の仲だからイジメられるぞと脅されていたもののの、さすがに全国の警察と接することの多い捜査共助課に、縄張り意識やサベツ意識はない。他の部署の連中には、警視庁至上主義を振りかざし、頭からこちらをバカにしてくるやからもいるが、

「そういうのはね、仰せごもっとも、さすがは警視庁様っておだてとけばいいんだよ。あ

れだ、バカな政治家とかえらそうな企業経営者にあたるときの要領だ」

北海道警からの出向組、佐嶋雄司《ゆうじ》にこっそり教えられてそのとおりにしたら、ものごとがスムーズに進み、腹もたたなくなった。

だから、今ここにいることが、それほどイヤなわけではないのだ。

朝起きて、窓を開けても、山が目に飛び込んでこないことのさみしさや、満員電車に揺られるストレスを別にすれば。

名前を覚えてもらえず、長野よばわりされることも、まあ、いい。

問題は……。

2

「ところで、なんなんです、その紙袋」

コンビを組まされることの多い竹花一樹は、ひとつ年下の巡査部長。両親ともに地方出身者なんスよね、という彼とは初対面から気があった。ものごとにこだわらないおおらかな性格で、万人から愛されるお調子者の弟タイプだ。それでもデスクの陰に置いた紙袋にはしっかり気づいている。

誰でも気づくか。

「寝坊して、梱包するヒマがなかったんだ。宅配便で送らないと」

「細長い棒ですねえ。中身はなんです」

「東京スカイツリーのバームクーヘン。オヤジに頼んだ」

退職して、週三日、書道教室で師範を務める他はヒマな父親は、小遣いを渡すと喜んでスカイツリー見物にでかけていった。送っておいてくれ、と渡した住所を書いた紙をなくし、買って持って帰ってきたのは誤算だったのだが。小遣いには送り賃もふくまれていたが、まさかその分の金を返せとは言えない。

「バームクーヘン？　この棒が？　うわ、さすがスカイツリー名物。だけど、こんな長いもの、入れる箱があるんスか」

「このまま送り状貼って出すよ。別に折れたりしないだろ」

「てか、誰がなんでこんなものを？　スカイツリーって、オレもまだ行ったことないけど、バームクーヘンだけ欲しがるかな」

「聞かないでくれ」

「あ、県警のお偉いさんの命令なんスね」

竹花は嬉しそうに言った。

「アレだ、そのお偉いさんは奥さんに会議で東京に行くとか言って、どっかの温泉場にしけこんでるんだ。でもって、間違いなく東京に行ったたって証拠にお土産が必要だ、と」

まさしくその通りだが、なんと返事をしたものか。

タイミング良く、電話が鳴った。課長が受けて、話しながらこちらに手を振ってよこす。

「長野県警さんからみたいですね。なんでしょう」

竹花の注意がそれた。

「昨日の報告書の件じゃないか」

「それならさっき、御子柴さんが来る前に課長宛にお礼の電話がありましたよ。別件じゃないかな」

しゃべりながら、竹花はキーボードをたたいて、長野県内のニュースにさっと目を通した。

「あ、これかもしれないな。上田市の郊外で駐車中の車から身元不明の男性の遺体発見。車は二月三日に、都内で盗難にあってます」

電話を終えた課長に呼ばれ、まさしくその件だと判明した。車の持ち主に事情を聞きにいってほしいという要請があった、という。

席に戻り、大急ぎでスカイツリーの箱に送り状を貼って、それを抱えたまま竹花とともに席をたった。エレベーターの中で、要請してきた上田北署の担当者に電話をかけた。新《あら》井《い》と名乗った刑事は、暗い声の持ち主だった。

「昨日の夜、解剖は終わったんだけど、まだ事件か事故か、決めかねてるんですよ。上は事故で処理しろっていうんだけど、身元もわからないし、困ってまして」

遺体は三十代後半から四十代前半の男性。身につけているのは下着からダウンジャケットまで全身大手量販店の、それも着古したもの。腕時計、携帯電話、財布のたぐいはいっさいなし。

わずかな小銭以外はさっぱりしたもので、胃はおろか腸にも内容物はなかった。両手に凍傷らしきただれがみられたほか、栄養失調の状態だったが、特に持病らしきものはなし。

「死因はなんだったんですか」

「排気ガスによる一酸化炭素中毒死。車が見つかったのは上州街道からちょっと入った林道だったんですが、吹雪の中、林道にムリに入ろうとして途中で身動きとれなくなって、雪に閉じこめられて排ガスが車内に充満。冬にはまれにある事故なんですけどね」

「それじゃ、なぜ事件の疑いが？」

盗難車に乗っていて、身元をしめすものがなにもないというだけなら、自殺を狙って林道に入り、死亡したと考えるのが自然だ。凍死がいちばん苦しくないし、遺体も美しいという古くからの迷信がいまだに根強く、冬場、山に死ににくる人間は珍しくない。

「遺体は助手席にシートベルトをかけた状態で発見されました。死亡時期は三日から四日にかけての深夜、おそらく三日の十一時から四日の午前二時すぎくらいだろうということなんですが、その時刻、付近を歩いている人影を見たという目撃情報も数件、寄せられています。それで近くの監視カメラの映像を取り寄せて調べた結果、盗難車にはふたりの人間が乗っていたことがわかりました」

つまり、故意に放置して死なせようとしたか、たんに怖くなって逃げ出したのかはわからないが、置き去りにした人間がいたというわけだ。

話しているうちに本部を出て、地下鉄の駅を下りていた。通話を終えようとすると竹花が脇をこづいて、手帳を指さした。

おお、そうだ。

「あー、ところでですね、上田に雷電くるみ餅という菓子があるとか」

「はあ？　ええ、ありますよ。上信越自動車道沿いの、小諸《こもろ》に近くなるかな、雷電くるみの里って道の駅があって、そこで売ってますね。確か、上田の駅前でも扱ってるんじゃないかな」

「まことに面倒なお願いなのですが、買って送っていただくわけにはいきませんでしょうか。こちらの捜査一課の刑事に頼まれまして。こんなことをお願いする筋ではないのですが、なにとぞよろしくお願いします」

ケータイ片手に、見えない相手にむかって平身低頭する。

電話の向こうで、新井が暗い声で、うふふ、と笑った。

「噂通り、出向はたいへんそうですね。出向候補者が知り合いの医者に頼んで、診断書をでっちあげてもらったそうじゃないですか」

「……そう、なんですか？」

「いいですよ、くるみ餅。すぐに手配します。ああ、気にしないでください。困ったときはお互い様じゃないですか。いいですって、お礼なんか。あ、どうしてもっていうなら、そうですね、深大寺《じんだいじ》に鬼太郎《きたろう》茶屋っていうのがあるのをご存知ですか。え、調布に住んでるのに知らない？　ダメじゃないですか。私、水木しげる先生の大ファンでして、そこにいくと水木先生にまつわるグッズが山ほどあって……」


盗難車の正当な持ち主は、江戸川区にある分譲式巨大団地の二号棟の七階に住んでおり、インフルエンザの治りかけだとかで自宅にいた。小野原淳《おのはらあつし》、五十二歳。コマーシャルでよく見る健康食品会社の営業部長。問題の乗用車は四半世紀前、バブルの頃に買って以来、乗り続けていたという。

「あの頃は不動産会社の駆け出しの営業マンで、マンション売った報奨金どっさりもらって買ったんだ。若造が、車くらい持ってないと、なんて言っちゃう時代だったからね。排ガスはたっぷり出るし、車検にものすごい金かかるし、古い車だから乗っていると驚かれる。でもなんか、捨てられなくてね」

「このひと、情が濃いんです」

お茶を運んできた妻がにっこりと言い添えたが、そうやってフォローしたくなるのが当然の部屋だった。散らかっているわけではなし、ゴミを放置してあるわけでもないが、足の踏み場がないほどものがあふれている。

「車はいつもどこに停めてあったんですか」

「この建物下の、駐車スペース。暮れから正月休みにはよく使ったけど、ふだんはめったに乗らなくてね。あいつ、前から燃費が悪かったけど、古くなったせいか最近じゃホントにひどい。一ヶ月に一度くらいしか使わないのに、その都度、ガソリンスタンドに行かなくちゃならないんです。暮れに満タンにしたのに、先月の末にちょこっと走ったらすぐガス欠ですよ。いやになる」

「盗難に気づいたのはいつ頃でしょう」

「あれは四日の朝、だったたっけ？」

小野原は妻を見た。

「このひと、日曜日の夜に接待麻雀から帰って来るなり、熱を出して。翌日、診療所に行ったらインフルエンザだっていうでしょう。病院が混んでいたんで、帰ってきたのは正午頃。で、見たら、車がなくなっててびっくりしたってわけ」

診療所は団地内にあって徒歩三分、妻は運転しない。行きには車のことなど考えもしなかったそうだ。

「こちらの警察にも話したんですけどね。うちの車の隣に停めてらっしゃる三号棟の三上さん。三日の夕方六時半頃に、ご家族でこの先の〈ムジナ寿司〉っていうチェーンの回転寿司におでかけになって、そのときには確かにうちの車があったって言うんです。おみ足の悪いおばあちゃまが乗れるように、ご主人が車を先に玄関前まで出したから間違いないって。でも帰りは隣のスペースが空いていたので、そのまま車を駐車スペースに入れましたよって」

「帰りは何時だったんでしょう」

「九時少しまわったくらいって、おっしゃってたわ」

「ずいぶんかかったんですね」

「〈ムジナ寿司〉は第一日曜日に制限時間一時間半の食べ放題をするんです。ものすごく混むし、お待ちになったんじゃないかしら」

愛車を盗まれ、棺桶となって発見されたわりには、のんびりとした話しぶりだが、今年こそ処分するか買い換えなくては、と決めていたんだ、と小野原夫婦はこもごも語った。以前、キー閉じこめをやらかして以来、スペアをバンパーの裏に貼り付けてあった。盗まれてもしょうがないと、あきらめもつく。

てっきりここらの高校生のイタズラかと思っていた、と小野原は言った。無免許の未成年が乗り回して人身事故でも起こそうものなら、とばっちりが自分のところにくる、と内心びくびくしていた。ひとが死んだのは気の毒ながら、無関係な善人や子どもに被害が出なくてなによりだ。

　ずいぶんな言いようだが、気持ちはわかる。

「つまり、車の盗難は六時半から九時のあいだ、ということですね」

　話を戻した。ここから上田まで、車で約三、四時間というところか。死亡時刻にはじゅうぶん間に合う。

「あ、いえ、実はその夜七時半頃に、一階の吉岡さんちで豆まきをやったそうなんです」

「ああ、節分で」

「うちの車は、吉岡さんちの北側の部屋の窓の下に駐車してあったんですけど、お子さんたちが、窓からばんばん豆をまいたら、うちの車の脇に立っていた男の人たちにあたってしまって、お母さんが謝ったとか。でも、あんな場所に立っているなんて変だなあ、と思われたとか」

「どんな男性たちだったか、聞いてますか」

「あそこは街灯のあかりが届かないから、私も夜、車に乗るときは半分手探りなんですよ」

　小野原がだるそうに言い、妻がうなずいた。

「そう若くもないけど年配でもない男の人がふたり、ってだけしかわからなかったそうですわ」

詳細は直接、吉岡さんちのお母さん本人に聞くことにして、長野県警上田西署の新井から送られてきた画像を見せた。遺体の顔写真を加工して、生前に近づけたものだ。

小野原夫婦は画像を見て、首をかしげた。妻が小声で夫になにか言い、夫もうなずく。

「お心当たりでも?」

「ええ、でももし間違っていたら、車泥棒って名指しして、迷惑をかけることに」

「なりませんよ。死んでますから。それより身元がわからないほうが気の毒だ」

竹花がはっきり言った。死んでますの一言に夫婦は身をすくませたが、踏ん切りがついたようで、妻が言った。

「はっきりとは言えませんが、樋口《ひぐち》さんちの上の息子さんに似ています」

「樋口さん?」

「真下にお住まいの……奥さんとはおつきあいがありました。下の息子さんがうちの娘と同級生だったので。ただ、奥さんは昨年の春先に心筋梗塞で亡くなられたんですよね」

「というと、ご家族は息子さんと」

「息子さんがふたり、それにご主人です」

息子はふたりとも三十すぎ、ひょっとしたら上は四十に近い。上が正治《まさはる》、下が登喜雄《ときお》。独立せず、実家にそのまま暮らしていて、働いているのかいないのか、ふたりとも、平日の昼間でもよくぶらぶらしている。父親は樋口彰文《あきふみ》。定年退職した直後に奥さんに死なれ、傍目《はため》にも憔悴《しょうすい》しきっていた。

「それがですね、夏過ぎたころから、ご主人を見かけなくなりまして。ケータイにかけてみたら解約されてるし、何度か、登喜雄くんに会ったときに、お父様お元気ですか、と声をかけたけど返事もしてもらえなかったし、だから自治会にも一応、伝えてはおいたんですけどねえ」

　時節柄、絆意識が高まっているとはいえ、同居の家族がいるのにそこまで？　東京では珍しい配慮だと、御子柴は竹花と顔を見あわせた。小野原の妻は手を振って、

「いえね、樋口さんの奥さん、亡くなって丸一日以上たってから見つかったんですよ。ご主人が同窓会ついでにボランティアで岩手——だったかしら。東北の方に五日ほどでかけていて、帰宅して発見したそうです」

「息子さんたちも留守にしていたんですか」

　竹花が口をはさんだ。小野原の妻は顔をしかめて、

「それが、家にいたんですよ」

「家にいた？」

「うちと同じ2LDKの狭い家に、大きな息子がふたりもいたのに、母親が死んでいるのに気づかなかったって。起きてこないから、そのまま寝かせておいたそうなんですけど、

そんなことってあるのかしら」

返事をしかけたとき、ケータイが鳴った。上田でなにか進展があったのかもしれない。夫妻に断って内容を確認すると、着信には〈元凶〉とあった。

人名登録は自分でしたのだが、誰のことだっけと考えてみたら、自分を東京に出向させた元凶の署長だ。着信拒否にしておくんだった。

「ああ、御子柴君。きみ、エルメスたらいう店でチョコレートの詰め合わせを買って、今週中に送ってくれ」

元気か、も、先日は頼んでおいた洋菓子を送ってくれてありがとう、もなし。いきなりの命令。しかも、なんだそれ。

「忙しくて、空いている時間に買い物には行けないと思います。ていうか、どこにあるんですか、その店」

「親とネットでなんとかしたまえ。じゃ、頼んだよ」

前回の洋菓子代をまだもらっていないことを思い出し、ケータイを折りそうになった。

3

日に焼けて、かろうじて〈樋口〉の文字が読みとれる表札がかかげられた五〇八号室のチャイムを鳴らしたが、誰も出てこなかった。鍵はかかっておらず、奥に呼びかけたが返事はない。

自治会や近所の住人にあたり、画像を見せると十八人中十一人が、樋口正治にそっくりだと言った。小野原の妻が言ったとおり、夏以降、誰も父親である樋口彰文の姿を見た覚えがないらしい。この数日、樋口兄弟を見た人間もいない。

自治会と相談し、所轄の警視庁北清澄《きたきよすみ》署に連絡し、地域課の係員に来てもらうことにした。

待つこと五分、現れた制服警官はふたり。荻原《おぎわら》と飯島《いいじま》と名乗った。再度事情を説明し、警察官四人と自治会のふたりで樋口家に入った。

散らかった部屋だった。

見たところ、2LDKの二部屋をそれぞれ息子たちが占領し、親はリビングを使っていたらしい。傷だらけの応接セットの上には脱いだ衣類やペットボトル、古雑誌が散らかり、ソファの足下にふとんが敷きっぱなしになっているのに気づいたのは、部屋に入ってしばらくたってからだった。

この寒さにもかかわらず、体臭や汗や雑菌が入り交じった臭いがこもり、誰もが何度も咳き込んだ。

それでも、腐乱死体の臭いにくらべれば、はるかにマシではあった。

決死の形相でついてきた自治会のふたりは、どこにも死体がないとわかるとほっとしたらしく、ダイニングチェアに腰を下ろして汗を拭いた。テーブルの上には、財布とケータイ、鍵がふたつずつ、放り出してあった。

「こっちは樋口正治のものですね」

中を確認した竹花が言った。

「免許証があります。指紋を採取して、上田に送りましょう」

御子柴が手に取った方には、樋口登喜雄の免許証があった。キャッシュカード、クレジットカードが二枚ずつ。書店とパン屋とラーメン店のポイントカード。金メッキがはげかかった銭亀。ひとつずつ、テーブルに並べていく。同じようにして竹花が正治の財布の中身をとりだした。内容は、ほぼ同じ。二ヶ月前の日付が刻印されたスーパーのレシートが一枚あるのが、唯一の違いだ。

現金は一円もなかった。

「この部屋、電気も水道もガスも止められてますね」

荻原が言った。

「督促状もある……クレジットカードのです。こいつも止められたのかな」

ケータイを開いてみると、あるのは無料ゲームサイトへのアクセスばかりで、通話もメールもほとんどしていなかったようだ。

「とにかく、これは覚悟の自殺だったんじゃないですかね。ケータイまで置いて出て行ったってことだし」

「兄弟心中ってことですか」

「樋口兄弟なら、小野原さんちの車のスペアキーのこと、知っていても不思議じゃないですしね」

「だけど、父親はどこに行ったんでしょうか」

　警察官が額を集めてひそひそやりあっていると、自治会長が手をあげた。

「あのう、私、奥さんの四十九日にお線香上げにこの部屋に入ったことがありまして。そのときはそこの茶簞笥《ちゃだんす》の上に、位牌と線香台と、奥さんの写真が飾られてたんですが、なくなってます」

　家宅捜索令状をとっているわけではなく、あくまで住人の安否確認である。タンスの中まで調べるわけにはいかなかったが、見回したところ、そういったものはなにもなかった。

　長野県警上田西署の新井に報告を入れ、兄弟の免許証の写真を送った。二年ほど前に、自治会でおこなった全団地住民総出の草むしりの際に撮影された、樋口彰文の写真もついでに送る。写真の中の樋口彰文は妻と並んで照れくさそうに笑っていた。

　話し合いの結果、自治会長が樋口彰文の捜索願を北清澄署に出すことになった。加えて夏以降、樋口彰文と条件の一致する身元不明遺体が出ていないか照会してもらう。

細々とした手続きをとるあいだ、地域課のふたり、特に荻原は仏頂面だった。管内では半年ほど前から、木造モルタル造りの安くて古いアパートばかりが燃やされる連続放火事件が起きている。燃焼促進剤にガソリンを使っているから火のまわりが早く、先月ついに死者もでたという。

夜間のパトロールを強化したから人手もたりない、自分はこの二ヶ月、休みもない、なのによそで起きた事件の手助けかよ、と遠回しに文句をつけてきたのに、御子柴が長野県警からの出向組だと知ると、身を乗り出してきた。

あと二年で退職するが、退職した後は渓流釣りを楽しみたい。長野にどこか、お薦めの田舎暮らしができる場所はないだろうか。

知らないよ。

「あー、そうですね、いくつかの自治体で、おためし田舎暮らしっていうプランをやっているみたいですよ。パンフレットを取り寄せましょうか」

「ありがたいねえ。そうだ、うちの鑑識には懇意なのがいますんで、指紋のほうは早急に対処させます」

みごとな手のひら返しを見せられて、北清澄署をあとにした。

昼飯時をとっくにすぎていたのに、見渡すかぎりチェーン店しかない。竹花のリクエストで、安さが売りのハンバーガー屋に入った。

食べながらメールをチェックすると、七件も入っていた。たいていが、県警の偉いさんの秘書役や出世願望の強い顔見知りからだ。またなんかのチケットをとれだの、なんかの行列に並んで順番をとっておけだの、東京名物を送れだの、ろくな内容ではないに決まっている。

いったいなんのために、彼らは自分を警視庁に送り込んだのだろうか。私用を片づける使いっ走りのためかよ。

物欲しげなメールを次々読み飛ばした。仕事は、嫌いじゃないのになあ。県警のために、東京で孤軍奮闘するのもイヤではないのに。

喉に詰まりそうになったポテトをゼロカロリーのコーラで流し込み、ついでに電話をかけた。県庁の振興課にいる知り合いで、柏葉《かしわば》という男だ。おためし田舎暮らしのパンフレットについて尋ねてみると、すぐに県下のものをまとめて送ってくれるという。

「そんなの頼みのうちに入らないよ。そういうパンフを発送するのが仕事みたいなもんだから。いいのいいの、気にしないで、こういうことならいつでもどうぞ。あ、でもどうしても礼がしたいっていうなら、来月、上京するんだけどお宅に一晩泊めてくれない？　いや、オレひとりよ。泊めてくれるだけでいい。なんなら寝袋持っていくから、庭でもかまわないし。東京で三月なら凍死はしないって。近所の人に通報される？　だって御子柴さん、警察官でしょう……」

食事をすませて、団地に戻った。

本来の仕事は終わったようなものだが、乗りかかった船だ。樋口彰文についての聞き込みをする。

長く暮らしているから、名前は知らなくても写真を見せると、多くの住人が、あ、このひと、と反応した。

団地内にあるスーパーでは、買い物中のおばあさんに見せると、顔見知りを呼び寄せ、あっというまに人だかりができた。

「いいひとそうだったけど、なんか、影が薄かったわよね」

「やっぱり、死んだの？　奥さん亡くしてから、なんか生気がないって感じだった。うちのおじいちゃんが死ぬ前も、あんなふうだったわね」

「見かけないと思ったら、病気だったの。そういえば、夏頃だったかしら、診療所から出てくるところを見たわ」

「気の毒に。あそこはほら、息子さんたちが」

「うちも下はどうしようもないプーだけど、上はまともで助かってるわ。でも、あそこは両方だっていうじゃない？」

「そういえば、ほら、十二号棟の岡村さんってご存知?」

「ああ、霊感があるとかいう」

「昔の焼却炉のあたりで、最近、男の人の姿をよく見るって」

「知ってる、それ。ねえ、まさか」

「いやだ、刑事さん。調べてもらえません?」

怒濤《どとう》のようにゴシップを聞かされて、しまいにはふたりとも逃げ出した。

「どうします?　樋口彰文はもう死んでいるにちがいないって話になっちゃいましたよ」

竹花がげっそりと言った。返事をする気にもなれなかった。

死んでても、驚けないよな。ていうか、息子たちに殺されてても。

うわさ話の裏をとるかと、診療所へ向かった。竹花のケータイが鳴り、御子柴ひとりで中に入る。医師によれば、樋口彰文はたしかに八月半ばに一度、来院していた。

「どういった病気だったんでしょうか。さしつかえなければ教えていただけますか」

「患者の個人情報になりますが、これならさしつかえなんかないでしょう」

五十年配の医師は苦笑いした。

「と、言いますと?」

「夏バテですよ。軽い脱水と食欲不振。点滴をして帰しました。奥さんを亡くしたばかりで、かなり精神的に参っているようでした。食事が喉を通らないことがある、という話の通り、やや栄養失調気味でした。好物を聞くとラーメンだというので、この際、おいしいラーメンでも食べに行ったらどうか、と薦めました」

「ラーメン、ですか」

「近所に〈ポンコツラーメン〉って店があるんですよ。昔ながらの東京の中華そばしか出さないところなんですけどね。樋口さんはもう何十年もここに通っていたそうです。また、行こうかな、と少し元気を取り戻したみたいに言ってましたよ」

元気を取り戻した、か。

家庭内で虐待があったとしても、被害者は表向きそれがわからないようにふるまうものだ。子どもは親への愛情から、おとなは世間体から。

はっきり尋ねてみることにした。

「樋口さんに外傷はありませんでしたか」

「外傷？　ありませんでしたよ」

医師は目をむいてきっぱりと否定した。

診療所の外で待っていた竹花によれば、さっきの電話は樋口彰文に該当する身元不明死体なし、との連絡だった。

「どっか、まだ見つかっていない場所に埋められてるんですかね」

竹花が言った。

「ここの医者の話を信用するなら、暴力を受けている形跡はなかったみたいだね」

「いきなり殴られて、そのまま死んだとか？　それでそのまま手近な場所に死体を処分した、とか」

「もう使われてない焼却炉か」

「調べてみます？」

言っていると、誰かが大声で呼ぶ声が聞こえた。顔をあげると、スーパーで会ったおばさん軍団のひとりだった。

刑事さん刑事さん、とやたらオーバーアクションで差し招く。しかたなく近寄ると、おばさんは、なにをのろのろやってんのよ、とさらに大声を出した。

「刑事さん、骨よ骨。焼却炉から、骨が出たのよお」

4

「牛骨っスね」

竹花一樹が陽気に言った。焼却炉の周囲を取り囲んでいた人々がいっせいに息をついた。

知らせてくれたおばさんは、あからさまに不満を口にした。

「ホントに？　間違いないの？」

「ほら、これ。牛の脛骨《けいこつ》ですよ。人間のものにしちゃ長すぎる。こっちはオックステール、牛のしっぽの骨っスよ。人間にしっぽはないでしょ。あ、こっちは豚足だ。鶏ガラもある。人間の骨はなし。よかったですね」

竹花がにっこりすると、おばさんはさらに不機嫌になった。

「だけど、犯人がごまかそうとして、死体と一緒に牛や豚の骨を混ぜて捨てたってことも考えられるんじゃないかしら」

ミステリの読み過ぎだよ。

御子柴は内心ツッコミながら、灰やごみで汚れたシャツの袖を無言ではたいた。スーパーの聞き込みのあと、おばさんは自ら問題の焼却炉に出向き、通りかかった自治会長をせっついて焼却炉の扉を開けさせ、誰がどこから見ても骨、というものを発見したのだった。おばさんにとっては人生のハイライトだったに違いない。

「その程度じゃ、警察はだませませんよ。あれですね、どっかのレストランが使用済みの骨をここに不法投棄したんじゃないですか」

まだぶつぶつ言っているおばさんを見ないようにして、上着とコートを着た。ある意味、おばさんに救われたとも言える。自分たちで焼却炉を開けて骨を見つけていたら、そのまま北清澄署に連絡していただろう。そうなったら恥をかいていたのはおばさんではなく、自分たちになっていた。

野次馬が半笑いでその場を去っていき、人が少なくなると、顔見知りの自治会長が遠慮がちに寄ってきた。

「あのう、牛骨や豚骨で思い出したんですけど」

「なんでしょう」

「あれから回覧メールを登録者にまわしたところ、変な話がいっぱい返ってきたんです。樋口さんが二号棟の屋上に立ってて、ふっと消えたとか。真夜中に公園のブランコをこいでいて、声をかけたら姿がなくて、ブランコが揺れているだけだったとか。夢に樋口さんが出てきて、なにか言いたげにこっちを見てたとか。ねえ、刑事さん。樋口さんはもう……ですかね」

怪談は所管違いだ。

「牛骨や豚骨で、なにを思い出したんですか」

「あ、すみません。近所に〈ポンコツラーメン〉って店がありまして。樋口さんの行きつけだったんですけどね。先日、七号棟の橋爪《はしづめ》さんがその店の前で樋口さんを見かけたっていうんですよ」

「いつですか」

「先週の木曜日だそうです。気づいて声をかけたら、顔を背けてすうっと路地の奥に消えていったそうなんですけど……刑事さん」

「はい」

「橋爪さんに言わせると〈ポンコツラーメン〉は樋口さんの唯一の道楽だったみたいなんです。まさか、それが心残りで出てきた、なんてことは……」

〈ポンコツラーメン〉は団地を出て、地下鉄駅近くの裏通りにあった。地元の人間でなければ気づかないような、路地の奥である。

昼は十一時から一時まで、夜は五時から八時まで。ラーメン一杯四百五十円だという。もうもうとした湯気のむこうで、開店準備に忙しい店主は、それでも樋口彰文の写真を見るとうなずいた。

「ええ、来ましたよ。樋口さんでしょ。先週の木曜だったか金曜だったか、久しぶりにね」

「えっ、来たの？　ホントに？　なにしに」

竹花がまぬけな声をあげ、小柄で痩せたオヤジは面食らったように目を瞬《しばた》いた。

「なにって、うち、ラーメン屋だから。ラーメン食べにだよ」

「生きてた——んですよね」

「たぶんねえ。まだ、死人にラーメン出したことないけど、スープまできれいに飲み干して、お代を払っていく死人はいないんじゃないかねえ」

「樋口さんはこの店、長いんですか」

御子柴は口をはさんだ。

「開店以来だから、かれこれ四十年近くのつきあいですよ。この半年ほど、前ほどは来なくなってましたけどね。それでも一ヶ月に一度は来ますよ。いつも丼を空にして帰るし、ごちそうさまでしたって言ってくれるし、いい常連さんですよ。大きな声じゃ言えないけど、あんなまともな常識人から、なんであんなどら息子がふたりもできあがるかね」

オヤジの背後で働いている、オヤジとうり二つの若い男がちらっとこっちを見た。

「樋口さんの息子さんたちをご存知でしたか」

「小さい頃にはつれてきてたからね。もっとも、ここ十年以上、来なかったけど」

「けど？　最近、来たんですか」

ものすごい勢いでラーメンの湯切りをしながら、オヤジは顔をしかめた。

「半年くらい前から、何度か。父親を探しにね」

「樋口さんを」

「無礼っていうか、口の利き方を知らないっていうか。ふたりそろって、父親が来ているかどうか教えろ、ってこうだからね。ま、面倒だからたまに来るよと言ってやりましたが」

「ちょうど樋口さんが帰った直後だから、先週の木曜だか金曜に。あいかわらず、不精で顔もろくに洗っていないような汚いなりでね。だから言ってやったんですよ。あんたたちの父親は雪かきで手に大きなマメこさえてたぞ。定年まで勤め上げた父親を働かせて、あんたらなにやってんだってね」

「ふたりが無職なのはご存知でしたか」

「こいつも――せがれだけど、あの団地住まいだから。あ、刑事さんたち、ついでだから食べてってよ」

丼が置かれた。昼食からさほど時間がたっていないが、出されたものが麺では断るわけにもいかない。オヤジが断るのをムリに金を置いて、割り箸を手にした。醬油《しょうゆ》味のラーメンはあっさりとしてうまく、するすると胃に収まっていく。これで四百五十円なら、毎日でも通いたいくらいだ。

「うまいスープですね。なにで出汁《だし》をとってるんですか」

「鶏ガラと豚足、牛骨も……おっと、これ以上は企業秘密だ」

にんまりとオヤジが言った。息子と目があった。彼は慌てて後ろを向いた。灯台もと暗し。ここにもどら息子がいて、なんらかの理由でスープの材料の不法投棄をした……のかも。

「最後に来たのは？」

そんなことはどうでもいいが。

店を出て、ふたりになると竹花が言った。

「となると、樋口彰文は先週の木曜日までは生きてたってことですね」

「そうなるな」

「死んでないなら、どこにいるんです？　夏以降、近所の人間が見かけてないということは、その時点で死んでいて、兄弟が父親の死体を処分したのかもと思ってたんスけど」

「あの部屋、じゅうぶん臭かったけど、死体があったとは考えにくいよ」

「死んですぐ、持ち出したんじゃないですか」

「どうやって」

「そりゃもちろん……あ」

ふたりは顔を見あわせた。

竹花が急いでケータイを取り出し、樋口彰文の車の所有について問い合わせる。

樋口彰文は軽自動車を所有しており、近所の立体駐車場を利用していた。駐車場の係員は樋口のことをよく覚えていた。

「八月に解約されましたよ。車を処分されたんです。確か、この先の中古車販売店に売ったんじゃなかったかな」

販売店に残された樋口の連絡先は、清澄の巨大団地のそれではなく、杉並区になっていた。

都営新宿《しんじゅく》線と京王線を乗り継いで、桜上水《さくらじょうすい》駅で降りた。商店街を抜けて甲州街道を渡り、住宅街に入ると、古いアパートがいくつも目についた。二階建て、外から見ても風呂なしとわかる、せせこましい六部屋。三昔くらい前の、典型的な木造アパートのひとつが、樋口彰文の連絡先だった。

さびついた郵便受け、傾いたコンクリートの土台、周囲は枯れた雑草まみれで日もささず、二週間も前の雪がまだ溶け残っている。外から見るかぎり、とても人が住んでいるとは思えないボロアパートだ。

なにか、大まちがいをしている気になって、それでも連絡先にあった一階の中央の部屋をノックした。

樋口彰文が、顔を出した。

5

樋口彰文は刑事ふたりの来訪に驚いた様子だったが、特に抵抗するでもなく部屋にあげ、座布団を出してくれた。

部屋は片づいていた。小さなちゃぶ台と冷蔵庫、直接床に置かれた旧式のテレビ以外はなにもないから、よけいにそう見えるのかもしれない。

それでも床は磨かれ、雑巾がきちんと干してあり、ほうきとちりとりが壁にかけてある。日当たりも風通しも悪く、湿気ていたが、清澄の団地のあの部屋はもちろん、長野で寮生活を送っていた頃の御子柴の部屋より、よほど清潔だ。

彰文本人も、写真にくらべ少し痩せたように見える他は、顔色もよく、こざっぱりしていた。

押入が開いていて、上の段に布が敷かれ、妻のものらしい遺影と位牌、線香台が置かれていた。とりあえず、竹花とふたり、線香をあげさせてもらった。

その間、樋口彰文は頭を下げ続けていた。かすかに目が潤んでいるように見える。これは、息子さんらしき死体が見つかりました、もうひとりの息子さんが置き去りにして逃げたからのようです、なんて聞かされたらとんでもない愁嘆場《しゅうたんば》になるかも。

そう覚悟して切り出したのに、話を聞き終わると樋口はさらりと言った。

「そうですか。死体はそっちで処分してください」

なんだって。

「それは、あの、どういう……」

「申し上げたとおりです」

「ええと、まだ正治さんと決まったわけでは」

「だったとしても、驚きませんし、どうでもいいことです。身元の確認もしません。あのふたりとは縁を切りました。そのために長年の知り合いもあの部屋も捨てたんです。今は家内とふたり、せいせいして暮らしています」

そうですか、失礼しました、と引き下がるわけにはいかない。竹花とふたり、かわるがわる必死に話を聞き出した。

私、家が貧しくて高校も通えなくて、二十歳《はたち》過ぎてから定時制に行きました。仕事と勉強の両立は、ほんとに大変でしたよ。会社でも学歴がないから出世が遅れて、でも家内とふたり、ちゃんとローンを完済してあの部屋を手に入れた。

息子たちには苦労させたくなくて、なんとか学資を捻出して大学にやった。国公立の大学に入れるほどの頭はないから、私大ですよ。

卒業して、就職して、正治は半年でやめました。オレにはむいていないとか言って。登喜雄は社員寮のある会社に就職して、でもやっぱり一年もたなかった。

それからはふたりとも、あちこち仕事を転々として、三十を過ぎた頃には働きもせず、それぞれの部屋に閉じこもって、出てきやしない。独立しろ、仕事をしろと言おうものなら、白目をむいて怒り出す。家内には暴力をふるうこともあったようです。そんなことが十年以上も続きました。

あいつらが家内を見殺しにした話は聞きましたか。

警察には言いませんでしたが、あとで正治が言ってましたよ。おふくろが布団の中でうなっていてうるさかったと。

実の母親ですよ。具合が悪いときくらい、声をかければいいじゃないですか。なのにほったらかして死なせた。それどころか死んでいるのに放っておいた。

退職して、ずっと自宅にあいつらといるようになったら、もう地獄でした。カードで金をどんどん使う。ゴミは散らかす。食料がなくなったら買ってこい、ですよ。

妻が死んで三ヶ月、猛暑のせいもあったのかもしれません。私は限界でした。で、思ったんです。私はふたりの息子を三十過ぎまで面倒みた。ふたりともいいおとなで、健康体だ。かじる脛《すね》がなくなれば自分たちで働くとかして生きていくだろう。もう十分だ。出て行こうって。

ふたりが部屋にこもっているすきに、貴重品と身の回りの衣類をボストンバッグに詰め、家内を連れて家を出たんです。

「金は置いていかなかったんですね」

「メインバンクに当座の費用にと五万円だけ置いて、定期は解約、普通預金をすべて引き出して、息子たちの知らない別の口座に移しました。昔、故郷で作った口座があったもので……。自動車も処分しました。あとは自分たちでなんとかするだろうと思ってました」

そりゃそうだ。

考えようによっては、いい決断だった。

いずれは親が死ぬか金がなくなるかして、自力で何とかしなくてはならなくなる。そのときすでに息子たちは高齢者でした、となれば、社会復帰も容易ではない。

三十代のうちなら、それなりの仕事が見つかるだろう。給料は少なくても、住まいがちゃんとあるのだ。恵まれているほうではないか。

突然ひどすぎる、とみるむきもあるだろうが、少なくとも、樋口彰文の行為は犯罪ではない。

「いまは、どんなお仕事をなさってるんですか」

「清掃会社に登録しています。今日も六時から仕事です。たいしたお金にはなりませんが、生活費は出せるし、たまには好きなラーメンを食べにいける。じゅうぶんです。郷里に戻りたい、という気持ちもあったんですが、あっちじゃ仕事があるかどうか、わかりませんからね」

「出身はどちらですか」

「長野の武石《たけし》村です」

二〇〇六年に上田市と合併した村だ。

なるほど。

樋口兄弟が上田にいたのは、父親を捜しに行ったのか。

「家出以来、息子さんたちと連絡は、一度も？」

「前の携帯電話を解約する直前に、一度だけ電話をかけました。電話に出たのは登喜雄でした。居場所は告げずに、父さんも父さんの貯金も、ないものだと思って働けと言ってやりました。父さんだって日当たりの悪い古い木造の安アパートに住んで、働いて、ひとさまに迷惑をかけずに暮らしている。おまえたちほど若ければ、もっとなんとかなるはずだ、と」

「息子さんは、なんと？」

樋口彰文はうっすらと笑った。

「ふざけんな、勝手なこと言いやがって、殺してやる。そんな感じです」

アパートを出て、駅前の古めかしい喫茶店に入った。店にはアナログ世代の男たちが、新聞や雑誌をめくっていた。

店の隅の、パーテーションで仕切られた一角に落ち着き、本日のブレンドを頼んだ。竹花は警視庁の北清澄署に、御子柴は長野県警の上田西署に、それぞれ連絡をとった。電話には新井が出た。

「樋口登喜雄が見つかりましたよ」

「生きてたんですか」

「道ばたでうずくまっていたのを、通りかかったトラックの運転手が見つけて病院に担ぎ込んでたんです。低体温症で、手にひどい凍傷があるのと栄養失調なのとで、助かるかどうか微妙なところですね。そのせいで、まだ事情聴取はできていないんですが、包丁を所持してましてね。どうやら兄弟心中のつもりが転じて事故、ということで間違いないんじゃないか、と」

「いやそれが」

樋口彰文が見つかったことと、彼から聞いた話を伝えると、新井は電話の向こうで黙ってしまった。

「樋口兄弟は、父親が故郷の上田にいると考えていた可能性が高いと思います」

「なるほど。それじゃ、彼らがもくろんでいたのは、父親に対する無理心中……？」

「そこまではっきり意識していたかどうかはわかりません。だとすると行き当たりばったりすぎますからね。でも、兄弟がなぜそちらにいたかを考えると、殺す気はなくても、金を奪う気だったのかも。ただしケータイや財布を置いていったことを考えると、自分たちが死んでもそれはそれでよかったのかも」

「なんにしても、イヤな話ですねえ」

新井にそう言われると、心の底から気が滅入ってきた。

電話を切って、コーヒーをすすった。薄くてまずいコーヒーだった。竹花と目があった。苦笑いをした。飲み干すこともない。さっさと出よう。

扉のカウベルが鳴って、先客がひとり出て行った。次に会計を、と思ってレジに寄ったら、出口近くの席にいた男がすばやく立ち上がって割り込み、店主に黒いものをつきつけるようにして見せた。

「本庁の長野というものだ。今の男を尾行している。勘定はあとで」

待て待て待て。こら。


警視庁本部に戻って、報告書を書きあげ、ニセ刑事を取り押さえたときに破れたコートのポケットを縫いつけ、帰り支度をしているとケータイが鳴った。

さて今度はだれがどんな要求をつきつけてくるやら、とうんざりしながら発信者の名前を見て、あっとなった。

「お久しぶりです、小林警部補」

「お元気ですか、御子柴くん」

懐かしい上司の声だった。

「いえね、うちのドケチ署長が御子柴くんにまた、えらそうに公私混同な頼み事をしたって聞いたもんですからね。なんでしたっけ、エルメスのチョコレート？　送ってこなくていいですからね、どうせ行きつけの、ほら、あの縄手《なわて》通り裏のスナック」

「ああ」

「あそこのママを本部の警務課長にけしかけようとしてるみたいなんですよ。署長はまだまだ出世する気でいますからね。そしたらママが、一肌脱ぐからには、あれもほしいこれもよこせとかぐや姫みたようなこと言って、チョコもそのひとつなんです。まったく、このご時世に、警察内部でアマトラですよ」

「なんですか、アマトラって」

「あれ、これ何年か前に御子柴くんが教えてくれたんですよ。ほら、女性を使って罠にかけるっていう……」

「それならハニトラです。ハニートラップ」

「あ、そうか。わはは、間違えちゃった。ハニートラップ、要するに甘い罠だなって思ったもんだから。そうね、ハニトラ。なんか、おしゃれですよね。それにしちゃ登場人物が全員、還暦が射程に入ってますけど。ま、とにかく、ママには私のほうから、署長にねだるなら御子柴くんに迷惑かからないものを、って。署長には、御子柴くんは誰に頼まれてなにをしたか日報を書けと本部の監察官に言われてるんだって、ホラ吹いときましたから」

ありがたい。

不覚にも、涙が出そうになった。

「知ってますか、あの高級自動車連続窃盗事件。犯人グループ、神奈川県警に挙げられちゃったんですよ。それも主犯格はやっぱり、六本木の愛人宅に潜伏してたんですよ。署長が出張費ケチらなきゃ、うちで押さえられてたかもしれないのにねえ」

小林警部補は身辺雑事をとうとうと語り始めた。つられて御子柴も長野の上田西署の事件について、今日、調べたこと、わかったことを話した。小林警部補と組んでいたときは、よくこんなふうに語り合い、材料を検討しあったものだった。

聞き終わると、小林警部補はうーん、とうなった。

「なるほどひどい話ですね。御子柴くんが落ち込んだのもわかります。でも、今の話聞いて、なーんか変なこと思いついちゃった」

「なんですか」

「考えすぎなのかもしれませんし、もし当たってたら、もっとヤな話になっちゃうし」

「言ってくださいよ、小林さん」

小林警部補は、あんまり本気にとらないでね、と前置きしてから言った。

「小野原さん、でしたっけ。古くなって車の燃費が悪くなったからガソリンの減りが早いって、それ、ホントでしょうか。乗るたびにガス入れるって、よっぽどですよ。それと、樋口さんは八月頃に家を出た。樋口さんの息子たちは父親がどこに住んでいるかは知らなかったけど、日の当たらない木造の安アパートに暮らしているのは知っていた」

「はい……。それが？」

「東京の北清澄署の管内では、ガソリンを使って、木造のアパートに放火する事件が連続して起きているんですよね。それも、半年前から」

「えっ……？」

まさか。

「それじゃなんですか、小林さんはこうおっしゃりたいわけですか。つまり、樋口登喜雄か正治が、小野原さんちの車からガソリンをぬいて、それで父親が住んでいそうな近隣の木造アパートに火をつけていた、と？」

「ありえませんか」

ありえるかありえないか、で言えば、それはそう、じゅうぶんありうる。ありうるけど、

「木造の安アパートなんて、東京中にありますよ」

「ええ、でも、お父さんが行きつけのラーメン屋に顔出してたそうじゃないですか。息子たちとしては、お父さんは近くにいるって考えたんじゃないですかねえ。それで、当たればいいや、当たらなくたって憂さ晴らしになるからいいや、どうせ住んでいるのは父親と似たようなヤツなんだろう、と思って、放火を始めたのかもしれません。ずいぶんめちゃ

くちゃな行動だけど、犯罪者ってたいていは、理不尽で非合理な行動をとるもんですからね」

「だけど、なぜ最後には長野に出かけていったんでしょう」

「さあ。雪かき、かもしれませんね。ほら、そのうまそうなラーメン屋」

「〈ポンコツラーメン〉ですか」

「東京風の醤油ラーメンって、私世代にはたまらんもんなあ。今度、東京に行くことがあったら、連れて行ってくださいよ。でね、そのラーメン屋のオヤジさんは樋口兄弟に説教をしたんでしょう？」

そうだ。確か、あんたたちの父親は雪かきで手に大きなマメこさえてたぞ、とかなんとか。

一月の半ばに、東京でも大雪が降った。清掃会社に勤める樋口彰文にマメができたとすればそのときのことだろうが、先週の木曜日にその話を聞かされた兄弟は、父親は長野にいる、と思い違いをした……？

「あ、でもねでもね、そういう可能性も、なくはないって話ですよ」

小林警部補はあせったように付け加えた。

「勢い込んで、警視庁に注進したりしちゃ、ダメですよ。御子柴くんが恥かいちゃうかもしれないから。これは全部、私の思いつきですから。ただねえ」

小林警部補は言った。

「凍傷の痕《あと》と火傷の痕って、似てますよね」

## 6

一週間後、長野県警上田西署の新井から、樋口登喜雄が回復して事情聴取に応じたこと、そのなかで東京の江戸川区の連続放火についても自供した、という報告があった。内容は小林警部補の〈ヤな思いつき〉のとおりで、勝手にいなくなった父親への嫌がらせに、父親が住んでいそうな安アパートに放火してまわっていた、という。

あんな火の回りの早い安アパートなんか、あったって迷惑なだけだ、燃やしてくれてありがとうくらい言われてもバチはあたらないね、と長野にいるときの樋口登喜雄はうそぶいていたそうだ。だが、御子柴も駆り出された警視庁北清澄署への護送の際には、登喜雄はびっくりするほどしょぼくれていて、放火の罪を死んだ兄になすりつけようと必死になっていた。

この騒ぎが一段落した頃、長野から小さめのダンボールが届いた。中には〈雷電くるみ餅〉が八包、入っていた。

一課の玉森に届け、残りを課内で分けあった。御子柴もひとつ、かじってみた。味噌《みそ》の香りがほのかに広がるねっとりとした餅に、香ばしいくるみがこりっと歯ごたえを残す。

ホントだ。これ、うまいわ。

# 根こそぎの酒饅頭事件

1

　エレベーターを下り、廊下を早足に進んで警視庁捜査共助課の前まで戻ってきた。すでになじみになった同僚たちの話し声が部屋の中から漏れ聞こえてくる。なんとはなしにほっとして、いっそう足を速めようとしたとき、不意に悪寒がした。

　思わず手にした紙袋を腕の中に抱え込む。それと同時に、背後から横柄に呼びかけられた。

「おい、長野。な〜が〜の〜」

　出た。

　気づかないふりをしたくとも、このとどろき渡るような低音は無視できない。嫌々ながら振り返ると、玉森剛が立っていた。頭ばかりが異様にでかく、ひょろっとした体つき、モヤシとあだ名される警視庁捜査一課の主任である。

「久しぶりじゃないか、長野」

「前から言ってますけど、私の名前は長野じゃありません。御子柴将です。み・こ・し・

ば！」

「バカヤロウ、長野から来たんだから長野なんだよ。文句があるなら長野に帰れ」

帰れるものなら帰ってるってば。

御子柴将は長野県警松本警察署所属の警察官だが、目下、連絡調整役として警視庁捜査共助課に出向中の身の上だ。そもそもが東京都出身で、実家も調布市にあり、大学まで都民として暮らしていたのだが、大学時代に山岳部に入り、山岳遭難救助隊を志して長野県警に奉職。紆余曲折と諸般の事情が絡み合い、結果、刑事となって東京都に出戻ってきた。

いうなれば故郷に帰ってきたわけだが、気持ちとしては流刑に近い。長野が恋しくて、ほとんどホームシックである。朝起きて、窓を開けても隣家の壁しか見えない家で生まれ育ったにもかかわらず、毎朝思うのだ。山が見える暮らしに戻りたい、と。特に今回のように長野と東京を往復する事件に関わったりすると、その思いは強くなる一方だ。

「なんか、面倒な事件だったらしいな」

玉森は御子柴の顔色など頓着なく、言った。

「解決できて、よかったな」

「おかげさまで、なんとか」

一月の終わり頃、長野市のはずれで他殺死体が見つかった。死体には十八もの刺し傷があり、全身をラップでくるまれ、真空パックされ、段ボール箱に入れられて遺棄されていた。

遺体の身元はすぐに割れた。寒さに加えてあまりにも丁寧な遺棄だったため、死後十日は経過していたにもかかわらず、遺体はほとんど腐敗せずに指紋もDNAも完璧に採取できたのだ。被害者は松井川一太郎《まついがわいちたろう》、五十三歳。窃盗や詐欺で前科のある元暴力団員だった。

被害者の近くには、大手通販会社の配送部門に勤める猪俣忠介《いのまたただすけ》という人物がいた。ラップから真空パックから段ボール箱まで、すべてこの通販会社のものだった。おまけに猪俣は、事件が報道されると同時に無断欠勤し、行方不明になっていた。猪俣の住むマンションの隣人たちは、元暴力団員が殺されたとおぼしき日時に、激しい口論や怒声を耳にしていた。

被害者も容疑者も東京の人間、どうやら殺害も東京で、となれば捜査の中心はどうしたって東京ということになる。長野県警は捜査員二十名、鑑識班十名を送り込み、警視庁からも管理官と捜査一課から一班が応援に入り、猪俣のマンションがある所轄の武蔵野《むさしの》署に東京現地合同捜査本部を立ち上げた。

さて、そうなると御子柴も忙しくなってくる。

なにしろやることといえば、猪俣忠介逮捕のための立ち回り先手配に追跡捜査、犯行現場の特定、犯行の動機、手段、方法、殺人事件としての立証、被害者の身辺ならびに行動捜査、犯行現場が特定された場合の捜索差し押さえ検証、事件関係者に対する取り調べと聞き込み……などなど盛りだくさん。御子柴は東京都内を走り回り、長野にも何度も出向き、家に帰るどころか、デスクのある捜査共助課にすら戻れない日々を一ヶ月半ほども送ったのだった。

まあ、この忙しさは仕事だからしかたがない。

問題は、なぜか御子柴が長野県警内で、おつかいを頼むのに重宝だと思われている点だ。口をきいたことはおろか、顔もみたことがない謎の上役（たぶん）が、いきなりケータイにかけてきて、

「次に県警に戻ってくるときには、小川軒のレイズンウイッチを買ってきてくれ。御茶ノ水のでも代官山のでもいいが、できれば新橋のを頼む」

だの、

「どうせ新幹線に乗るんだから、東京駅でＳｕｉｃａペンギンの印傳小銭入れを探してきてくれ、娘が欲しがってるんだ」

だのとリクエストされる。

こんなのはまだいいほうで、ひどいときには、

「あのな、なんかパンダの菓子ってのがあるらしい。店の名前？　知るか、とにかくパンダの顔がついててカップに入ってるらしい。それじゃわからない？　なに言ってんだ、探せよ、捜査員だろうが。パンダなんだから上野かどっか、そのへんの菓子だろ。頭使えよ。

気が利かないな」

と、ののしられたりする。

頼む側は気楽でも、品物を手に入れるのには手間暇がかかる。ネットで調べ、鉄道に地下鉄を乗り継いで店にたどり着いても、人気商品で売り切れてしまっていることもある。

だいたい、いくら上に頼まれたとはいえ、みんなが疲労困憊《こんぱい》しながら捜査しているさなかに、上司に頼まれたおみやげを買ってきますなんて言えるわけもないから、こっそりと買いにいくはめになり、いろんな意味で精神衛生上悪い。

おまけに苦労して入手して届けても、たいていの場合、

「ご苦労、そこに置いといてくれ」

で終わり。

領収書を差し出しても、

「そんなの、おまえ、出張費でなんとかしろ」

と来たもんだ。

これも仕事のうちだ、雑用も仕事だ、と胸をさすってなんとか対応していた御子柴だったが、さすがに、

「長野に来るとき、軽井沢で途中下車してブランジェ浅野屋でクルミのバゲット買ってこい」

というメールをもらったときには、ぶっちぎれそうになった。事実、ぶっちぎれた。警視庁武蔵野署の現地合同捜査本部のどまんなかで、鼻血を吹きだしたのだ。

もうダメ、疲れた、倒れるかも、と思った矢先、一本の電話が入って事件はあっけなく解決した。逃走中の猪俣忠介が静岡市内の定食屋で無銭飲食をして、交番に突き出されたのである。猪俣はすなおに犯行の一部始終を語り、身柄は長野に移された。

おかげでめでたく東京現地合同捜査本部は解散した。聞くところによると、猪俣は犯行の動機についてだけはあいまいな供述を繰り返しているそうだが、そこから先は長野の捜査本部の仕事だ。御子柴は後始末のために、この件での最後の長野出張をしたところだった。

県警や、長野での捜査本部のおかれている長野中央署をまわって、三時間半ほどで用事はすんだ。その足でまっすぐ東京に戻るつもりだったが、ふと、顔をあげると、山が目に入った。

街と山の距離が近くて、やっぱり長野はいいなあ、と涙ぐみそうになった。辞表をたたきつけて、山にこもってしまおうかしら。

さすがにその決心はつかなかったが、休みもなく働いたのだから、これくらいは許されるだろうと、帰りの新幹線の時間を二時間ほどずらし、善光寺《ぜんこうじ》参りをした。小菅亭《こすげてい》でそばをすすり、参道にある有名な七味唐辛子《とうがらし》屋で土産を買いこんで、さて、そろそろ駅へ、とバス停に向かって歩いていると、ふわっと、甘い香りに包まれた。

みると、そこは酒饅頭《さかまんじゅう》で有名なつるやの前だった。名は知っていたが、食べたことはない。そもそも、御子柴はそれほど甘味に未練があるわけではないし、やたらスイーツのおつかいを頼まれるようになってからは、甘いものと聞いただけで逃げ出したくなることもあるのだが、その優しい、心をくつろがせてくれる香りには抵抗できなかった。

ふらふらとつるやに引き込まれ、白とピンクの酒饅頭を三個ずつ、包んでもらった。持って帰って親と一緒に食べようと思ったのだ。カウンターの上にしょうゆ豆もあったので、それも買った。信州名産の、味噌としょうゆのあいのこのようなこの調味料を、卵の黄身と一緒にあつあつのごはんに乗せて、ざくざくっとかきまわして食べると、それはもう……！

「なんか、いい匂いがするな」

玉森の低い声が響き渡り、御子柴は一気に現実へと引き戻された。

「長野、おまえ、なにかみやげを持ってきたんだな」

「はいはい」

御子柴は大急ぎで紙袋からチョコレートの大箱を取り出した。

「善光寺名物、八幡屋礒五郎《やわたやいそごろう》とキットカットがコラボした、信州限定の一味唐辛子キット

「ああ、すまないな。でも、長野、まだ、なにか隠してるだろ」

「いえ、別に」

「いや、隠してる。絶対に隠してる」

「おみやげなら、いま渡したじゃないですか」

玉森は鼻を鳴らした。

「この匂いはチョコじゃねーな。ニッポン人のDNAを刺激する香りだ。だいたい、その紙袋はおまえ、善光寺門前のつるやのじゃねーか」

抵抗するまもなく、玉森は紙袋をひったくり、酒饅頭の入ったパックをつかみだした。まだほんのり温かいパックから饅頭を取り出す。抗議する間もあればこそ、ぱくぱくっと二口で酒饅頭一個が消えてなくなった。

「おお、これは！」

言うより早く、ふたつ目にとりかかる。甘党なのである。二十四時間の張り込み中に、今川焼を十八個食べたという伝説がある。

「さすが善光寺七名物のひとつだけあるね。皮の甘みと上品な餡《あん》、どちらもすばらしい」

嘘だろ、おい。ひとがどれだけその酒饅頭を楽しみにしてたと思ってるんだ。

と、わめきたくても、わめけないのが、出向中の宮仕えの辛いところである。せいぜい、イヤミを言うしかない。

「上品とかいうなら、廊下で立ち食いしないでくださいよ」

またたくまに三個目を食べ終え、四個目にとりかかっていた玉森はきょとんとして御子柴を見た。

「うん……ま、それもそうだ。席について、渋茶と一緒にじっくり味わったほうが風流だな。じゃ」

結局、全部、持っていくんかい。


がっくりしながらもようやく捜査共助課のデスクに戻り、おかえりと声をかけてくれた同僚たちに唐辛子チョコを配り終え、ひとしきりウケ終わったころ、課長が帰ってきた。

課長には連れがいた。白髪頭、小柄でがっちりした体つき、日に焼けた浅黒い顔に鋭い目、はきつぶされる寸前の靴に、安っぽいウールのコート。松本清張《まつもとせいちょう》の小説から迷い出てきた昭和の鬼刑事のように見えた。

課長は御子柴を呼び、ここしばらくの労を義務的にねぎらうと、連れを紹介した。

「こちら、長野県警須坂《すざか》警察署刑事課盗犯係の宮坂俊一《みやさかしゅんいち》巡査部長だ。須坂署管内で発生した土蔵破りの件で、出張して来られている」

「土蔵破りって……」

江戸時代かよ。

課長は仏頂面で、

「今年一月に、小布施《おぶせ》郊外の農家の土蔵が破られた。その共犯者とおぼしき男が都内在住だが、昨日から何度連絡をしても自宅の電話に応答がない。宮坂さんはその追跡捜査に来られた。道案内など、おまえに任せる」

「都内の地理にはうといもんで、よろしくお願いします」

頭を下げた宮坂は、御子柴とふたりきりになると、ふう、と息をついてネクタイをゆるめ、いきなりざっくばらんになった。オレは絶滅危惧種のヘビースモーカーだ、とえばるので、喫煙コーナーで話を聞くことにする。

「例の暴力団員殺しで、長野と往復だったって？」

酒、煙草《たばこ》、容疑者を怒鳴り散らすことで喉をやられました、と言わんばかりのがらがら声だ。

「さっき帰ってきたとこですよ」

「ようやく一息ついたばっかりだってのに、悪いなあ」

ホントだよ。せめて明日来てくれれば良かったのに。

「土蔵破りって、だけど、どうやったんです？　大槌《おおづち》で壁をたたき壊したとか、名人の鍵師に開けさせたとか？」

だとしたら、時代小説の愛好家である同僚の竹花一樹が喜びそうだ。

宮坂はひとしきり笑って煙草にむせた。

「ご期待に添えなくて残念だけど、そんなドラマティックなおつとめじゃないよ。家人の留守に土蔵の鍵を持ち出したんだ」

2

事件が発覚したのは三月十六日、その日は一月に八十歳で死去した農業・高松辰雄《たかまつたつお》さんの四十九日だった。

辰雄さんは去年の十二月、庭先で倒れているところを近所のひとに発見され、長野市内の病院にかつぎこまれた。手を尽くしたが、結局意識が戻らないまま年を越し、やがて息を引き取ったのである。

親族にも病人がいたため、家族だけで密葬をすませたが、あらためて四十九日の法要には親族や近所のひと、友人を招いてお別れの会を催した。

辰雄さんの妻は十年前に他界した。娘が三人いるが、そのうちふたりは他県で暮らしている。長野市内に次女がいて、高齢の父親を引き取りたがっていたのだが、当人は生家を離れたがらずひとり暮らしだった。祖父の代には近在でも名の知れた豪農だったが、すでに田畑のほとんどをひとに貸し、自分の食べる分だけを自分で作り、近所のひとを招いて料理の腕をふるい、たまに大学生の孫の車で温泉に連れて行ってもらうのが楽しみという、けっこうな余生を送ってのちに迎えた死だった。

なにしろ高齢だし、本人はほとんど苦しまなかったし、長いこと寝たきりなんぞということにもならず、家族の負担も最小限で、このご時世、これは「いい亡くなり方」といえる。あやかりたい、などと法要にやってきた和尚が口を滑らすほどで、お別れの会はなごやかに盛り上がった。

会がお開きになって、今後、この家をどうするか話し合うため、親族だけが残った。そういえば生前、辰雄さんは「うちの土蔵にはお宝がある。いつかテレビに出ている鑑定士の先生に見てもらいたい」と言っていた、という話題になった。そもそも辰雄さんの祖父は骨董道楽で、かなりの土地をお宝と交換したらしい。

これは、ひょっとするとひょっとするかも。

そこで一同、鍵を手にしてぞろぞろと土蔵に向かった。

「開けてビックリ、中は空だった、というわけだ」

宮坂は四本目の煙草に火をつけながら、笑った。

「奥さんが亡くなったとき、辰雄さんは身の回りの整理を思い立ったらしく、その、いま流行の終活だな。あれをしようと、家中のものをかなり処分したらしい。で、当時は中学生だった孫に手伝わせて、蔵の中にあった書画骨董をひとつひとつデジカメで撮影し、目録を作った。土蔵の中もきれいに掃除して、書画なんかを十三箱の段ボールに詰めて乾燥剤を入れ、もとどおり土蔵に戻しておいたそうだ」

「どのくらいの数あったんですか」

「目録によれば、焼き物置物の類が三十二点、書画が八十七点。もっとも、浮世絵が多かったみたいだがな。ほら、小布施だから」

小布施のキャッチフレーズは〈栗と北斎《ほくさい》と花のまち〉。葛飾《かつしか》北斎ゆかりの土地だとかで美術館もあるし、マンホールは北斎の波の図柄になっている。ただし、浮世絵はたとえ本物でも、刷りがいいかげんだったり、保存状態が悪かったりすれば二束三文になる。素人写真だけではどの程度の価値なのか、わかりづらいはずだ。

「被害総額はどれくらいなんです？」

「はっきり値段がわかっているのは、享保《きょうほう》大判金だけだな。未使用で状態が良かったから一枚で四百万の値段が付いた。十年前に一枚売り払って、奥さんの入院費にあてたんだが、あと五枚はあったはずなんだ」

それだけでも二千万円。高額窃盗だ。

「それにしても、土蔵が空っていうのは、どういうことなんです？」

「辰雄さんが入院中だった正月明けに、家の敷地にワゴンが入って、男がふたり、土蔵から段ボール箱を運び出してワゴンに詰め込んでいるところを、近所の住人が目撃してる。不審に思って話しかけたら、自分たちは長野市内の便利屋だ、家族に不用品の処分を頼まれた、鍵も預かっている、とはきはき答えてきた。真っ昼間だし、感じのいい若い男たちでてきぱき働いているし、ワゴンの腹には〈便利屋安心サポート長野〉とあるし、怪しい様子はまったくなかったそうだよ」

「そりゃまた、大胆ですね。ですが」

「わかってるよ」

宮坂は五本目の煙草に火をつけた。

「土蔵の鍵がどこにあって、どんなものが中に入っているか、犯人グループはどこで知ったか。そこでまず、気になるのは孫だってんだろ。土蔵の鍵の在処《ありか》も、なにが入っているかも、じいさんが入院中でその日家が無人だってことも、もちろんよく知ってた。ただ、それは親族なら誰でも知っていた話だ。おまけに、じいさんは去年の秋頃に銀行から五十万おろして、枕のなかに隠していたんだが、それは孫しか知らないことで、現金はそっくりそのまま見つかった」

「なるほど」

孫が一枚かんでいるとは思えないわけだ。

「おまけに、土蔵の鍵が台所の壁にかかっているってのは、特に秘密でもなかったみたいだな。なにしろ鍵に荷物札がついてて、そこにマジックインキで〈土蔵〉とでかでか書いてあった。あの家が無人だってことも、知ってたひとは多い。辰雄さんは顔が広かったからな」

「ワゴンのほうは」

「〈便利屋安心サポート長野〉ってのは実在の便利屋で、そこのワゴンだった。去年の秋口に社長が倒れて、以後は開店休業状態だった。車の鍵を管理していた従業員に話を聞いたら、今年の一月十日に知り合いの深沢昭則《ふかざわあきのり》という男に頼まれて、一万円でワゴンを貸したことを認めたよ」

宮坂は六本目の煙草をうまそうにふかした。

「深沢昭則？　なんか、聞いた名前ですね」

「うん。やつは長野市内で喫茶店を経営しているが、これまでにもこの手の窃盗事件で何度も名前があがってる、ちんけな古狸《ふるだぬき》だからな」

言われて思いだした。五年前、松本市内の骨董店から刀剣が二十本盗まれるという事件があった。事件の直前、骨董店に来た三人の男たちがいて、その挙動が気になった店主の妻が男たちの乗ってきたレンタカーのナンバーを控えていた。このレンタカーの借り主が、深沢昭則だったのだ。

あのときは確か、レンタカーは友人に頼まれて借りた、友人の名前は言えない、ていうか友だちの友だちだから知らない、ニッポン人は冷たくなった、昔は男がこうと頼まれたらイヤとは言わなかったもんだ、などとぺらぺらと中身のない供述を繰り返したと聞いている。

そもそもレンタカーを又貸しすること自体が違法だが、その車が犯行に使われると知っていたかどうかは別問題になる。結局、レンタカーから採取された指紋から実行犯三人の素性が割れ、盗んだ刀剣を買い取った愛知県内の故買屋をふくめた全員が逮捕され、盗品もあらかた回収されたが、深沢昭則の事件への関与は証明できず、担当者が歯がみしていたのを思い出す。

会ったことはないが、深沢は妙につるんとしたゆで卵みたいな顔で丁寧な口調、糊のきいたワイシャツに蝶ネクタイといった格好の、慇懃《いんぎん》無礼な六十男だそうだ。

「今度はなんて言い訳してるんです?」

「まあ、いつものこった。知り合いがアシがなくて困っていたので知り合いの便利屋に話をつけてやった、便利屋の従業員だって賃金がなくて困っていた、友人が両方とも助かるんだから私は人助けをしただけだ、なにに使うかは知らなかった、とかなんとか。話せば話すほど腹が立ってくるやつだ。でもな」

宮坂はにやっと笑った。

「例によって、ワゴン車から指紋が出て、実行犯のひとりが割れた。中野仙太《なかのせんた》二十八歳。北信《ほくしん》の暴走族の元メンバーで、車上荒らしの常習犯だった。一月の二十日、土蔵破りの十日後だな、車上荒らしをしているところを現行犯逮捕されて、実刑くらって長野刑務所に入ってたんだ。こいつは知り合いに誘われて三十万もらって、バイトのつもりで蔵から荷物を運び出したといっている」

「三十万もらったのに、すぐに車上荒らしですか」

「金のかかる女がいる、と自慢してたよ。単純なやつで、被害金額が最低でも二千万と聞いたとたんにしゃべりはじめた。知り合いっていうのは田町一幸《たまちかずゆき》二十七歳。東京都府中《ふちゅう》市在住の、リサイクルショップのオーナーの息子だ。マエはないが、死んだ母親の実家が須坂にある」

須坂は小布施の隣町だ。なるほど。

宮坂は空になった煙草の箱を丸めてゴミ箱へ放り込み、ますますがらがらになった声で言った。

「じゃ、煙草の吸い溜めもできたし、ぼちぼち行こうか」

京王線の特急に乗り込んだ。御子柴の家は京王線の仙川《せんがわ》にある。できれば各駅停車で自宅に帰ってベッドに潜り込みたいものだ、と思いつつ、田町のショップまわりの環境をグーグルマップのストリートビューで確認した。破れて埃っぽくなった黄色いビニールの日よけに、〈リサイクルショップ・たまち　不用品買い取り参上致します〉とあるのが読みとれた。

町のリサイクルショップと聞けば誰でも、店頭に骨董品なみのパソコン、安っぽい油絵、贈答品のタオルなどが積み上がっているごちゃごちゃしたたたずまいを連想する。しかし、〈リサイクルショップ・たまち〉は、ガラスの引き戸がきちんとしめられていて、わりとこざっぱりしているし、内部の様子は見えない。

実際の店に到着してみると、戸のガラス部分に内側から紙が貼り付けられていた。ノックをして、引き戸に手をかけてみると、よほど立て付けが悪いらしくがたがたと細かく動くものの、いっこうに開かない。

「ここの二階に住んでるんだろうな」

宮坂が一歩下がって二階を見上げながら言った。黄色いビニールの日よけの上に、窓とゆがんだアルミのフレームがあって枯れた草が垂れ下がる植木鉢が二つ、並んでいた。脇にまわってみると、外階段があった。階段の下に通用口があり、扉の新聞受けから新聞がはみだしていた。

「昨日から取り込んでないみたいですね」

ざっと調べて御子柴は言った。

「電話の応答もないし、中野仙太をおさえたのが知れて、逃げたんだろうがね」

宮坂が通用口のノブを握って引くと、扉はあっさりと開いた。ふたりは顔を見あわせた。

「ごめんください。田町さん、いらっしゃいませんか。ごめんくだ……わっ」

通用口の先は土間になっていた。その土間の向こう側が店舗なのだろうが、空き家とみまごうばかりになにもない。きれいさっぱりがらんどうになっていた。

さるぐつわをかまされ、手足を縛られたトランクス一枚の男が転がっている以外は。

3

「オレ、なんにも知らねーよ」

トランクス男――田町一幸は、さるぐつわをはずされるとくしゃみを連発する合間に言った。三月にしては記録的に暖かい日が続いたせいか、ほぼ全裸で一昼夜すごしたにもかかわらず、凍死せずにすんだらしい。それでも全身血の気が引いて真っ白だし、脛の毛がぴんぴんに立っていた。

「さみーよ。ね、救急車呼んでよ。肺炎になったかも」

「なんにも知らないって、じゃ、なんだこの格好は。ただの悪趣味か」

宮坂が田町一幸のかたわらにしゃがみこんで訊いた。

「ちげーよ。ていうか、見りゃわかるでしょ。オレ、被害者だよ。後ろから頭殴られて、気絶して、気がついたらこうなってたんだよ。頭。ほら、血が出てねーかよ」

「そういやマンガみたいなコブができてんな」

「だろ？　ほら、早くこの腕と足のもなんとかしてくんねーかな」

「あのね。さっき名乗っただろ。こっちは警察なんだよ。縛ったり殴ったり、そういう趣味を個人で楽しむ分にはいいが、警察が加担しちゃマズイんだ」

「なに言ってんだよ、クソポリ公。ふざっけんなよ」

御子柴は一歩下がったところで、このやりとりを黙ったまま見おろしていた。一幸は御子柴を見て、

「なあ、そっちのおまわりさん、この刑事なんとかしてよ。おかしいよ。オレ、ホントになんにも知らないんだってば。救急車呼んで。さみーよ、死んじゃうよ」

「あれえ」

御子柴はスマホを振ってみせた。

「なんかここ、電波悪いなあ。アンテナ消えちゃった。ごめんな、復活したら、すぐに呼んでやるから、ちょっと待っててね」

「あっ、なんだよ、それでもケーサツか。おい、せめて毛布くらいかけろよ。でねーと人権問題で訴えるぞ、こら」

「なあ御子柴くんよ。俺たち、〈リサイクルショップ・たまち〉なんて店に入ったかねえ」

宮坂が鼻をほじりながら御子柴に尋ねた。

「いーえ。なにしろ外から声かけても、誰も返事しませんでしたからね。店は無人だと思いましたよ」

「そうだな。じゃ、帰るか」

「無駄足でしたねえ」

「そう言うな。クソポリ公の仕事に無駄足はつきものだ」

言いながら背を向けると、田町一幸は焦ったようにじたばたしながら、コンクリートの床を転げ回った。

「ちょっと。冗談だろ、おい、置いてくなよ。置いてかないで。もう一晩なんてムリだよ。ねー、待って。待ってってったら」

ふたりが無言で通用口の戸をくぐりかけると、田町一幸が大声を出した。

「わかった。わかりました。オレがやった。なんでもしゃべるから、お願いですから置いてかないで！」

戻ってみると一幸は、顔中涙まみれにしてしゃくりあげていた。御子柴は毛布を探し出してきて一幸を引き起こし、身体に巻きつけてやった。

「で？　なにをやったんだって？」

「……ゴミ捨て」

「ああ?」

「ゴミを捨てたんだよっ」

とにかくもタオルを探し出して濡らしてしぼってタンコブにあててやり、砂糖をたんまり入れたコーヒーを作ってやると、やがて田町一幸はしゃくりあげるのをやめて、しゃべり始めた。

〈リサイクルショップ・たまち〉は父親が経営する店だったが、去年の夏、父親ががんで入院した。店はもともと儲かっているわけでもなく、やがて貯金も底をついたが、それを見計らったかのように父親が死んだ。

田町一幸は大学卒業後、二流どころの企業に就職したが、三年でイヤになって会社を辞めた。再就職のあてもなく、家業の手伝いとバイトで暮らしていたため、父親に死なれて途方に暮れた。

一幸に残された財産といえばこの店だけだが、例の大震災の影響で幹線道路沿いの建築物の基準がかなり厳しくなり、建て替えるか、さもなければ売り払うしかなくなった。といってもこのご時世、すぐに買い手などつくはずもない。そんなとき、隣家の古いマンションのオーナーがいい話を持ってきた。更地にすれば、四千万で土地を買ってやるという。家を解体するのはもちろん、金がかかる。その分はなんとか土地の値段からさっぴくという形で隣家のオーナーが一時的に負担する、と話がついた。しかし、店を埋め尽くすリサイクル品の山の処分は、一幸がするしかない。同業者を拝み倒して半分くらいはひきとってもらったが、まだまだ大量の家電製品やら古い着物やら、得体の知れないゴミが残っている。市役所の清掃課に相談したら、粗大ゴミで引き取るにしても、処理費用は二百万はくだらないだろうと言われた。

そんな金、どうやって工面したものか。一幸は悩みに悩んだ。去年の暮れに、父親の遺骨を長野の須坂にある母親の実家近くにたてた墓に納めに行ったのだが、そのときもゴミのことで頭がいっぱい。で、長野市内のキャバクラに入ったときも、ついてくれた女のコのオッパイ握りながら、そのコについ、悩みを打ち明けてしまった。

「おまえ、親の遺骨を納めにいった先で、なんでキャバクラなんだ。金ないんじゃなかったのか」

宮坂ががらがら声で怒鳴り散らすと、一幸は肩をすくめて、

「いや、刑事さん、それはそれ、これはこれっすよ。色即是空空即是色って坊さんも言ってたし。エロと死はおんなじってことでしょ」

「そういう意味じゃない！」

いや、そういう意味かも。

御子柴は宮坂をなだめ、話の先をうながした。

　すると、悩みを聞いた須坂出身・アニメ声のユアちゃんいわく、だったらゴミ、そこらへんに捨てちゃえば。山の中とかなら、誰の迷惑にもならないでしょ。あたし、手頃な山知ってるよ。

　言われてみれば確かに、人口密度の高い東京都内ではうっかりゴミも捨てられないが、長野県の須坂のあたりは土地も広々している。家にある軽トラックで何度か往復すれば、さしものゴミも片づくだろうし、面倒だけど、二百万も払うことを考えれば、ずっとましだ。これで問題は解決するじゃないか。

「するか！」

　宮坂と御子柴は声をそろえてわめいた。

「おまえはいったい、なに考えてんだ。長野は東京のゴミ箱じゃないぞ。山の中にそんな粗大ゴミばらまくなんて、地下水は汚染される、動物は死ぬ、植物は枯れる、山は荒れるし片づけには厖大《ぼうだい》な費用と人件費がかかる。迷惑も迷惑、大迷惑なんだよ。第一、おまえのおやじさんとおふくろさんが眠っている土地に……ありえないだろうが」

「やっぱダメだったかな」

「ダメなんてもんじゃない、違法行為だ、犯罪だ。罰金がどれだけつくか、考えてみろ」

「罰金？」

　一幸の声が裏返った。

「え、それっていくらくらい……」

「処理に二百万かかるくらいのゴミ捨てたんだ。二百万に罰金が加算されて五百万ってとこだろう」

ホントのところはわからないが、気持ちとしてはこの倍でも、いや十倍とりたいくらいだ。

「そんなあ」

たちまち一幸は涙目になった。

「え、でもオレ、結局それがばれて土地の持ち主ってのに脅されて、ちゃんと言うこと聞いたんだし、だから和解っての？　できたと思うんだけど」

「なんだそりゃ」

一幸は去年の暮れから正月にかけて、何度も上信越自動車道を往復して、こつこつと不法投棄に励んだ。きれいさっぱり家の中が片づいたのは、五回目に須坂を訪れたときだった。その頃にはユアちゃんともすっかりおなじみになっていたが、とうぶんは長野に来ることもないだろうから、最後にもう一度会って、あわよくば店外デートでも、と思っていたところへそのユアちゃんから電話がかかってきた。

開口一番、助けて、と言われたという。

「なんのことかと思ったら、その、オレがゴミを捨ててた山の持ち主に、ユアちゃんがオレにゴミ捨ててもいんじゃない？　って言ったことがバレて、ユアちゃんがすっげえ怒ったその持ち主にとっつかまって、だから、助けてって。めんどくせーしバックレようかとは思ったけど、ケータイの番号も知られてるし、最初の時にうちの名刺渡しちまってたし、しかたないからそのキャバクラに行ったわけ」

すると、ユアちゃんの席になにやらすごみのあるおっさんが座っていた。関西弁で、頬に傷があって、一幸をじろりとにらむと、ユアちゃんに、

「ほんならあとのことは頼むで」

言い残して去っていったという。

泣きじゃくるユアちゃんをなだめすかして話を聞くと、その男はいろいろと「知らない方がいい」いわくのある人物。最初のうちは、そのゴミ捨て男、つまり田町一幸に指の三本も詰めてもらおうかと言っていたのが、ユアちゃんが身を挺してあれこれサービスした結果、それだったらひとつ、そのゴミ捨て男におつかいを頼もか、それがうまくいったら許してやらんでもないわ、と言い出したのだという。

そのおつかいの内容というのが、要するに、高松辰雄さん宅の土蔵から中身を一切合切持ち出す、というもので、車も相方も用意する、鍵の場所は台所、裏の戸は二枚同時に持ち上げればはずれるから、中にはいるのは簡単だよ。便利屋のふりしてたら絶対にバレないから。

「ユアちゃんにそう言われて……オレも指なくしたくなかったし」

「で？　盗んだものはどうしたんだ」

「長野市内で便利屋のワゴンからうちの軽トラに積み替えて、そのままこの店に。いずれ取りに行くから、それまで預かっておけ、リサイクルショップなら、骨董品とかあっても不自然じゃないだろうって」

「それでそのままこの二ヶ月ものあいだ、盗んだ品を預かってたわけか」

「いやべつに、預かりたくて預かってたわけじゃないけど。ていうか、早く取りに来て欲しかったけどさ。やばいし」

「連絡は？　誰からもなかったのか」

「何度か、ユアちゃんから。例のひとが今、忙しくてそっちにいけない、でも勝手に物を処分したりしたら、指じゃすまなくなるからって、念を押されてたし」

「その、関西弁の男からか」

「と思うけど」

「その蔵から運び出したものは、どこにあるんだ？」

「ここに。段ボール十三箱。昨日、頭を殴られるまでは確かにここにあったんだよ。あれからずっと、できるだけ家からでないようにして見張ってたのに」

一幸が指さすほうを、御子柴と宮坂は眺めた。言われてみれば確かに、コンクリートの床の上に、箱が積んであったような痕が残っている。が、もちろんいまは、なにもない。

「おかしいじゃないか。おまえの話のとおりなら、この家はもう解体されてるはずだろうが」

「そうだけど、隣の家のオーナーが金が都合できなくなった、ちょっとだけ待ってくれって言いだしたし。オレも荷物があるからしかたないかなって、そのまんまにしてたら、こんなことに……。ちきしょう、だから早く……」

田町一幸は声をあげて泣き出した。

4

田町一幸の身柄はとりあえず府中西署に預けた。明日には須坂警察署から応援がやってくるという。御子柴と宮坂はふたたび京王線の特急に乗って、警視庁本部に戻った。

八時を過ぎていたが、部屋には同僚の竹花一樹が残っていて、さわやかにふたりを出迎えた。

「さっき、県警から連絡がありました。ユアちゃんの正体がわかったそうです。本名は新《あら》井真智《いまち》、二十八歳。二年前まで東京の看護師だったのが、国に帰ってキャバ嬢ですよ」

「つまり、男か」

「二年前まで働いていたっていう病院に話を聞いたんですけどね、相手は地元の須坂にいたころつきあっていた男で、前科もあったみたいですね。真智もなんとか縁を切ろうとしてたけど、その男が病院で大騒ぎしたこともあって、やめざるを得なくなったそうです」

宮坂がうめいた。

「待てよ、思い出した。新井真智ってのは、中野仙太の女だぞ。金がかかる女がいるって自慢してた」

「中野仙太って、ワゴン車から指紋の見つかった実行犯のひとりですね」

「そいつだ。なんか、見えてきたぞ」

宮坂は両手をこすりあわせた。

「事件が公になって、中野が捕まった。新井真智は急いでその件を〈関西弁の男〉に知らせ、その男の関係者が田町一幸から盗品を回収した。そういうことだろう」

御子柴は首をひねった。

「事件発生から二ヶ月もあったのに、これまで盗品を放っておいたのはなぜでしょう。土蔵破りが知られる前のほうが、処分は楽だったはずです。それに、田町一幸を殴ったり縛ったりする必要があったんでしょうか。命じるだけで、やつは黙って盗品を差し出したはずでは」

言っている間に電話がかかってきた。竹花が出て、応対していたが、にやっと笑ってふたりに言った。

「新井真智、こっちに来ているみたいですよ。病院の関係者の家に泊めてくれと言ってきたみたいです」

それは好都合だ、と喜んだところへケータイが鳴った。またしても謎の上役から、来週、上司に贈るためのローザー洋菓子店のクッキー詰め合わせを手配しろ、というリクエストだった。


翌朝、病院関係者の居住地近くの三鷹《みたか》警察署の取調室を借りて、新井真智に任意同行を求めた。

どうやら今回の犯罪の中心にいるらしい、魔性の女ユアちゃんとはいかなる美女か。多少なりとも期待していたのだが、出てきた新井真智は、すっぴんで眉もなく、ジャージの上下にサンダル履き。大至急送ってもらったキャバクラ店頭の広告写真とは似ても似つかない、大仏様のようなお姿をしていた。

このご時世、若い女性の表向き写真が実物とかけ離れていることとくらい肝に銘じているが、これはまたえらい化けようだ。目の大きさは倍以上、ウエストの太さもそれくらいは違って見えた。ただし、

「はあ？　土蔵破り？　なんの話？　うそうそ、ひっどい、田町ちゃんったらそんなこと

言ったの？」

　田町一幸が言ったとおり、アニメ声ではあった。

「違うのか」

　新井真智はぶんぶんと首を振った。

「仙太がそんなバカやらかしたなんて初耳だよ。そもそも誰、その関西弁の男って。ヤクザの知り合いなんかいないっての」

「おい、いい加減にしろよ。盗みの件、知らなかったじゃ通らないからな」

「知らないってば！」

　ふて腐れて爪をいじりだした真智に、宮坂が爆発した。

「いいか。少なくとも、田町一幸と中野仙太をつないだのはおまえだろ。それは間違いないんだよな」

「なんだよ、それ。田町ちゃんが店に来たとき、他のお客さんたちと一緒に飲んで、そこに仙太もいたけどさ。それだけだよ？　なによ、それがアタシのせいだっての。冗談じゃないっつーの」

「田町一幸に、粗大ゴミの遺棄についてそそのかしたのは間違いないんだな」

「ゴミ？」

「須坂に粗大ゴミ捨てるのにちょうどいい山があるからって、田町一幸に教えてやったよな」

「はあ？　地元にゴミ捨てろなんてどこのバカが言うわけ？　アタシは最近、実家の近所の山に不法投棄してくやつがいてメーワクって愚痴っただけ。あれ、ちょっと。まさか、あのゴミ、田町ちゃんが捨ててたわけ？」

「どこまでしらばっくれるんだ、この女」

　がらがら声で怒鳴りだした宮坂を、御子柴は強引に廊下へ連れ出した。

「あのクサレ女、あーだこーだ言い逃れようたって、そうはいかねえぞ。あの女が上京すると同時に田町一幸が襲われて、盗品が横取りされた。これが偶然であるもんか」

「宮坂さん、落ち着いてください。確かに偶然にしてはできすぎですが、考えてみたら田町一幸の証言だって、なんか、変じゃないですか」

　御子柴は冷静に言った。

「どこが」

「やつは関西弁のヤクザに直接、脅されたわけじゃない。全部ユアちゃんを通して言われただけで、犯罪に手を染めた。で、金もないのに二ヶ月間も、黙って高価な盗品を預かってた。……そんなやつ、います？」

　宮坂は腕組みをしてしばらく考え込んでいた。タバコ臭い息を吐いて、ぱんと手を叩いて言った。

「女は苦手だ。代打を頼むよ」

部屋に戻って、御子柴はできるだけ穏やかに訊いた。

「あなたが以前東京でお勤めだった病院スタッフの話だと、あなたは中野仙太のせいで、病院をやめて長野に戻ったそうですね」

新井真智は細い目を精一杯見開いて、ふう、とため息をついた。

「あ、それ、嘘だから」

「どういうことでしょう」

「ホントはさ、前から長野に帰りたいって思ってたんだ。東京なんて住むトコじゃない、遊ぶトコだよ。したら、ちょうど仙太のやつが金貸してくれって病院に来たから、それを口実にやめたわけ。人手不足で困ってるのに、イヤになったからってだけじゃやめづらくて」

「長野では、どうして病院ではなくキャバクラに？」

「うーん、お金？　アタシ、整形したかったんだけど、全部で五十万くらいかかるんだよね。看護師の給料じゃ貯金できないじゃん。手っ取り早く稼げるかなあと思って。けど、ダメだね。客に電話したりメールしたり、お洋服も自前だし、化粧品とか美容代もかかるし、入ってくるのも大きいけど、いっぱい出てくんで貯まらないよ」

「なるほど。つまり、あなたはお金に困っていた」

新井真智は空気を飲み込んで、あうっと言った。

「あ、ケーサツってひっどい。そんなことで、アタシを犯人にする気？」

「いいですか。あなたの立場はたいへん悪いんです。中野仙太と田町一幸、このふたりは高松辰雄さん宅の土蔵から大判金をはじめ、骨董品を根こそぎ盗み出したことを認めています。さらに、田町一幸は、粗大ゴミの不法投棄の場所、土蔵の鍵の場所やそこに入る方法、犯行に使う車の手配など、すべてあなたから指示されたと供述しています。この供述を信用するなら、あなたも窃盗事件の一味であり、黒幕はあなたの背後にいる関西弁のヤクザということになります」

新井真智はぽかんとして御子柴の顔を眺めていたが、やがて顔を真っ赤にした。

「待って待って。高松って、小布施の高松のじいちゃんちの土蔵？」

「そうです」

「あー、だったら、確かにその土蔵の話はアタシがしたよ。けど、違うから。あれ、酒の上での馬鹿話だったんだから」

身振り手振りも激しく新井真智が説明することには、去年の暮れに、田町一幸が店に来たとき、たまたま中野仙太と、その知り合いのおっさんが一緒に飲んでいるところだった。そこでなんとなく真智がこのふたりを紹介して、みんなで一緒に飲み始めた。

この日、真智は昔からよく知っている高松辰雄さんが入院したことでくさくさしており、

「高松のじいちゃんのことをみんなに話したわけ」

「高松さんとはどういう知り合いなんですか」

「うちの死んだじいちゃんの友だち？　じいちゃんが死んでからもときどき野菜とかくれてたし。で、土蔵があって、いろいろ高そうなお宝があるらしくって、なのにひとがよくて、土蔵の鍵がどこにあるのか近所の人間はみんな知ってる、とかって全部しゃべっちゃった」

宮坂が怒鳴り出しそうな気配を察して、ユアちゃんは細い目でこの初老の刑事をにらみつけた。

「だってまさか、そんな悪いこと考える連中だなんて思ってなかったんだもん。仙太は頭悪いし、田町ちゃんはスケベなバカだし」

「その席に、中野仙太の知り合いで関西弁のヤクザがいたんですね」

「だから、そんなの知らないって。アタシの客で関西弁のひとっったら大阪の豆腐屋の社長だけだよ？　印刷屋さんを紹介する約束したから、ちょこっとだけ一緒に飲んだけど、十分くらいで『ほんならあとのことは頼むで』つって帰っていったし。仙太の連れのおっさんってのも口ばっかのやつで、自分は顔が広くていろんなものをさばけるルートを知ってる男と懇意にしてんだ、とか、それを秘密裏に送り出すルートも確保してるんだ、とか、もったいぶったことばっかり言ってんの。だいたいね、ああいう『オレは社会の裏も表もよく知ってるんだ』自慢する男って、口先ばっかりで脱税もしないもんだよ」

そういう自分こそ、男をよく知ってる自慢をしてるじゃないかと思いつつ、御子柴は訊いた。

「どういうひとなんです？」

「仙太の行きつけの喫茶店のひと。そんなすごい連中と親しい人間が、ただの喫茶店のマスターって、笑っちゃうよね」

御子柴はぎくっとなった。

「待って。喫茶店のマスター？」

「うん。一度しか店には来なかったし、名刺もくれなかったから名前は忘れちゃったけど、六十過ぎたって言ってたかな。ゆで卵みたいな顔して、蝶ネクタイして、すっごく丁寧な話し方なの。イヤミなくらい」

……おいおい。

5

「おまえはいったい、なに考えてたんだ、あ？」

府中西署の取調室で、宮坂は開口一番、田町一幸に向かってささやきかけた。

すごみのあるがらがら声でささやくというのは、怒鳴るよりよほど迫力がある。御子柴の腰が思わず浮いてしまったくらいだから、田町一幸はこれ以上ムリというほど身を固く縮こまらせてしまった。

「関西弁のヤクザの正体は、大阪の豆腐屋の社長だった。ユアちゃんは連絡役でもなんでもなく、ただの口の軽いキャバ嬢じゃないか。おまえの裏にいたのは、深沢昭則なんだろうが」

「いや、その……」

田町一幸はへどもどと言った。

「おまけに、なにが二ヶ月間も盗品を預かったままだった、だ。高松辰雄さん宅から盗まれた絵画の一部が、先月から都内の骨董店や絵画を扱う質屋なんかにちょこちょこ出てきてるそうじゃないか。おおかた、親が死んで、リサイクルショップに残されていたとかなんとか嘘ついて、売りさばいてたんだろうが。金はなにに使ったんだ。まさか、親の回向《えこう》に使ったわけじゃないよな。行きつけのキャバクラは都内にもあるってか。たいしたもんだな、え？」

田町一幸の目がちらっと泳いだ。

「警察から何度も電話が行ったから、裸で殴られて縛られたふりまでしたのか。そうすりゃ被害者面できるとでも思ったか。そこまでするとは感心するがね」

「あれは、ホントだよ。ホントに襲われたんだよ」

「そうかい。じゃ、ホントじゃないのはどこなんだ」

田町一幸は幾度も唾を飲み込みながら、必死の形相で言った。

「その、オレ、嘘をついたわけじゃなくって、いや、嘘と言えば嘘なんだけど、ひとに迷惑かけちゃマズイかと思って。架空のヤクザのせいにしとけば、八方丸く収まるかなって」

「収まるかっ」

宮坂は一転、怒鳴った。田町一幸の身体が数センチ、宙に浮いた。

「だいたい八方ってのはなんだ、誰と誰のことなんだ。言えっ。でないと、とんでもなく非協力的で反省の色もない、長野をゴミ箱だと思ってる、とんでもない不孝者で嘘つきヤロウだと、調書に悪口書きまくってやる。たかが窃盗で初犯だからって甘く見るなよ。長野の裁判所じゃな、オレの上申書で量刑が十年は違ってくるって評判なんだっ、わかったか」

「ご、ごめんなさい。すみません、オレが悪かったです」

一瞬にして、田町一幸の顔は涙と鼻水でどろどろになった。

「なにが悪かったんだ。言ってみろ」

「ユアちゃんから聞いて、高松さんちの土蔵からいろいろものを運び出しました。深沢さんがいろんなルートを知ってるっていうから、あのひとに頼んで売りさばいてもらうつもりでした。だけどいざとなったら、都合が悪くなったって言い出されて、だからこの二ヶ月間、ひとりでこつこつ骨董とか絵とか売りに歩きました。あんまりいろいろ売ると噂になってマズイかなって、だからいっぺんには売れなくて、それにほとんど金にはなんなかったんです。ただ、大判だけは高そうだし、やばそうだし、とっておいて……」

「調べさせてもらったけど、おまえの家に大判金はなかったぞ」

御子柴は思わず口を出した。一幸は鼻水をたらしながら、

「だから、盗られたんです。金の問題が起きて、借金返さないとやばくなったから貸してくれって言われて、断ったら隠しておいた大判を見つけられて、これはダメだって抵抗したら、どうせどっかから盗んできたんだろうよこせって、殴られて縛られて、マンションがばーんと建って売れたら返してやるからって」

「なんだって？　誰に言われたんだ」

「だから、隣家のマンションのオーナーに……」

本部に戻って、報告書をまとめた。

本来ならこれは宮坂の仕事だが、煙草を吸ってくると出て行ったきり戻ってこないので、御子柴が片づけることにしたのだ。どのみち、帰ってきたらきたで、まとめておいてくれ

と言い出すにちがいない。

田町一幸の再聴取の結果、隣家のマンションのオーナーが強盗容疑で逮捕された。大判金は売り払われたあと、金はすべて借金の返済にあてられたあとで、高松辰雄さんの遺族の手元に戻る可能性は低い。

事件は解決したものの、なんとなく釈然としないまま報告書を書き終えて、ぼうっとしているとケータイが鳴った。さて、今度は誰がなにを買えと言ってきたやら、とうんざりしながら相手の名前を見て、あっとなった。

「お久しぶりです、小林警部補」

「お元気ですか、御子柴くん」

松本署時代の、懐かしい上司の声だった。

「いやね、方面本部のお偉方が、ローザー洋菓子店のクッキー詰め合わせを手配しろとかなんとか、御子柴くんに無理難題押しつけたって話を聞きましてね。その話、聞かなかったことにしてくれていいからと連絡したんですよ」

「え？」

「そのお偉方、昔、私の部下だったんですよ。結婚するとき仲人も務めたんです。で、奥さんとも親しくしてるんですが、なんでも本人、糖尿で甘いものを節制するように厳しく言われてる。なのに、いろんな口実つけては入手して、職場の自室でこっそり食べちゃうんだそうです。今回は長野に戻りたい御子柴くんが、上司に東京のお菓子を配りまくってる、で自分のところにも来たって口実で、クッキーを手に入れるつもりだったんでしょう。気をつけてくださいね。そんなことしたら、奥さんににらまれるのは御子柴くんってことになっちゃいますからね」

「あのう」

御子柴はおずおずと口をはさんだ。

「まさか、そっちじゃ、私がお菓子を送っているのを、長野に戻りたいための付け届けと解釈を……」

「あー、ええと」

小林警部補が困り切ったときの癖で、鼻の脇をこすっている仕草が目に浮かんできた。

「まあ、なかにはそういう見方がないわけでもない、と言いますか」

御子柴はぶんむくれてチェアにもたれかかった。道理で要求ばっかり過大なくせに、料金を払うヤツがいないはずだ。

「ふて腐れちゃダメですよ、御子柴くん。そういう見方を払拭《ふっしょく》できるように、微力ながらなんとかしてますからね」

「小林さん……」

思わず視界がぼやけた。

気配を察したのか、小林警部補は話題を変えて、身辺雑事をとうとうと語り始めた。つられて御子柴も土蔵破りの件について、調べたこと、わかったことを話した。小林警部補と組んでいたときは、よくこんなふうに語り合い、材料を検討しあったものだった。

聞き終わると、小林警部補はうーん、とうなった。

「なるほど、御子柴くんが釈然としないのもわかります。今回の犯罪のきっかけになったのは深沢昭則なんですよね。土蔵の鍵の話を聞いてる最中に、自分は顔が広くていろんなものをさばけるルートを知ってる男と懇意にしてんだ、とか、それを秘密裏に送り出すルートも確保してるんだ、とか、言い出した。おまけに便利屋のワゴンを手配してやった」

「そうなんです。深沢昭則さえいなければ、今回の事件は起こらなかったかもしれないと思うんですよ。でも、深沢は事件によってなにもトクをしたわけじゃない。キャバクラで自慢話をしたってだけじゃ、もちろん罪にはならない」

「積極的にそそのかしたわけでもないのに、犯罪を誘発してしまったわけですか。いや、なんというか、それじゃ深沢昭則こそ、魔性の女、じゃなかった、魔性のおっさんってことになりますね」

御子柴は思わずふきだした。小林警部補は笑いもせずに、

「ただですね。今の御子柴くんの話を聞いて、なーんか変なこと思いついちゃった」

「なんですか」

「考えすぎなのかもしれないし、もし当たってたとしたらもっと釈然としなくなるんでしょうが」

「言ってくださいよ、小林さん」

小林警部補は、あくまでひとつの思いつきですからね、と念を押してから続けた。

「深沢が嘘をついていなかったとしたらどうです？　ヤツが盗品を買い取ってくれる故買屋にも、盗品を秘密裏にまわすルートにも、本当に心当たりがあったんだとしたら」

「ですが」

「ええ、ただし土蔵破りがおこなわれた後、その線が使えなくなってしまったんだとしたら、どうでしょう。本来は、田町一幸から申し出があれば、故買屋を紹介して仲介料をとり、甘い汁を吸うつもりだった、しかしなんらかの事情で紹介できなくなってしまった」

「だとしたら、別の故買屋を紹介すればいいだけの話では？」

「深沢昭則は、本人がどう思っているかはともかく、裏の顔役なんかじゃありませんよ。しょせん、宮坂さんの言うとおり、ちんけな古狸なんです。知っている故買屋はひとりだけだったのかも。または……」

「または？」

「問題の故買屋が面倒なことに巻き込まれて、警察が出張ってきていたため、警戒してよけいな動きを見せず、息をひそめていた、とか」

「逮捕されたってことですか」

「最近、長野市内で他殺体が見つかったという事件が解決しました。もちろん、ご存知ですね」

「はあ」

その件で、目が回るほど忙しかったのだ。

「被害者は松井川一太郎、元暴力団員。犯人は猪俣忠介、大手通販会社の配送部門に勤めていて、聞くところによると、殺人の動機についてだけはあいまいな供述を繰り返しているとか」

「そうですね。……えっ」

御子柴は椅子を蹴り倒す勢いで立ち上がった。

「まさか、小林さん。深沢の言っていた故買屋とは松井川のことで、発送のルートっていうのが猪俣だと……？」

「だから、思いつきですってば。松井川が殺されたのは、一月の半ば頃でしょう。時期はあってるから、そういう可能性もなくはないって話ですよ。勢い込んで松井川事件の捜査本部にご注進したりしちゃ、ダメですよ。御子柴くんが恥をかいちゃうかもしれないから。でもねえ」

小林警部補は言った。

「発送のプロと、窃盗や詐欺で前科のある元暴力団員が、土蔵破りの直後に殺人事件の関係者になった。これって、偶然にしちゃできすぎですよね」

6

しばらくのち、長野県警須坂警察署に戻った宮坂俊一と、松井川殺しの捜査本部から相次いで報告が入った。あのあと、喫煙室からすっかり煙草臭くなって戻ってきた宮坂に小林警部補の話を伝えてみたところ、思いの外興味をしめした。

そこでこの話は宮坂に丸投げして、御子柴は他の事件やお土産品の対応に追われていたところへ、松井川殺しの犯人・猪俣忠介全面自供の報が飛び込んできたというわけだ。

猪俣は、深沢昭則を通じて知り合った松井川一太郎から金をもらい、大手通販会社のネットワークを利用したさまざまな盗品の配送に携わっていた。前もって、松井川との取り決めの金を振り込むと、受取人が猪俣の通販会社に商品をオーダーする。通販会社のシステムに則《のっと》ってその商品が箱詰めの運びとなるが、途中で猪俣が物をすり替える。

すると伝票上、書類上、受取人が買ったのは、例えば三千円程度の大量生産の皿であって、某家某宅から盗まれた五千万円はくだらない古伊万里《こいまり》の皿ではない、ということになる。絶対に盗品を入手したことなど知られるわけにはいかないが、でも手元に置きたい、欲しい、というマニアのあいだで、この配送形式はなかなか評判がよかったそうだ。

要するに、松井川殺しは報酬をめぐってのトラブルということで、猪俣忠介の件は片が付いた。盗品買い取りのための金を入金する方法はいろいろややこしい裏があるようだが、その辺は経済犯罪の専門部署が調査をすすめることになるそうだ。かたや、宮坂は深沢昭則をぎゅうぎゅうにしめあげたらしい。かんじんの松井川が殺されている以上、深沢がこの盗品ネットワークにどう関与していたのか、本人の口を割らせるより他はない。

結局、さすがの宮坂も深沢を追いつめることはできず、逮捕にはいたらなかった。ただ宮坂は長年、盗犯刑事を続けている。そちら方面に知られてもいる。深沢に近づくと、もれなくオレがついてくるぞと噂を流してやった、と宮坂はなんだか嬉しそうにがらがら声で笑い、あんたのおかげで助かった、いずれ礼を送るからな、と付け加えた。

その電話の直後、こぶりの段ボール箱が御子柴の元に届いた。なかには小布施の松仙堂の純栗ペーストと、酒饅頭本舗つるやの酒饅頭が入っていた。栗ペーストと饅頭を四つ、親のため確保した残りを同僚たちに配り、自分でもひとつ、食べてみた。甘酒の優しい甘さが鼻に抜ける。ほどよい甘さの餡が心と体にゆっくりとしみていく。

ほんとだ。これはうまいわ。

# 不審なプリン事件

1

「濃厚プリンっていうのは、プリンとしてどうなんだろうな。なあ、長野」

旧軽銀座の Cafe Restaurant Paomu で買ってきた、軽井沢《かるいざわ》プリンの空き容器を後部座席に投げ置くと、玉森剛はとどろくような低音で言った。

「いや、うまいんだよ。クリーミーだし、とろけるようだし、甘みが全身にしみこむようだし。けどなあ。牛乳と卵と砂糖、バニラエッセンスだけで作った、安くて滋養があって、やわらかいんだけど、スプーンを入れるとすっきりすくい取れるのが、プリンだろ。金属製の型に流し込んで、母親がふきんをかけた蒸し器で蒸してくれて、できあがりの肌をよく見ると若干すがたってぷつぷつ穴が開いてるって、そういう昭和な食い物だろうがよ。そこへいくと、どうも最近の、濃厚を売りにしてるプリンは、名前はプリンでもまったく別の食い物だ。なのになんでプリンを名乗るかな。なあ、長野」

「はあ。どうしてですかね」

長野県警から警視庁に出向して、すでに七ヶ月。長野と呼ばれるのにもすっかり慣れた御子柴将は、気のない相づちを打った。文句があるなら、七つも喰うなよ。

「おまえ、その態度はどうかと思うぞ」

玉森はしなびたモヤシのように助手席に身体を投げ出した。本日はトレッキングシューズに厚手の靴下、ショートパンツのサファリスーツに羽根のついたチロリアン・ハットという、レトロな山登りスタイルに身を固めている。張り込み用の変装なのかもしれないが、軽井沢でどうしてこれが変装になるのか、かえってめだつではないか。

真意のほどを聞きたいが、聞くのも怖い。

「最近じゃ、女子職員はうまいスイーツを知りたかったら長野のところに行くそうじゃないか。上層部も手みやげの相談ならおまえに聞くと決めているって聞いたぞ。なのに、プリンについて一家言もないとは情けない。このオレをさしおいて、スイーツ刑事なんて呼ばれてるくせに」

呼ばれてませんって。

ごそごそと足下の袋から中山のあんずジャムを取り出した玉森は、ジャムにスプーンをつっこんで、仰向けの状態でなめはじめた。

「いいか、そもそもプリンの正式名称はカラメルカスタード。それが日本で独自の進化を遂げたんだが、蒸しプリン、焼きプリン、それから忘れちゃならないプッチンプリン。ここだけの話、オレはプッチンプリンが好きだね。プリン風味のゼリーで、本来のプリンとはそれこそ別物で……」

　ジャムをプリンのようにぱくぱく食べつつ、しゃべり続ける玉森から目をそらし、御子柴はハンドルに顎をのせたまま教会の周囲に目をやった。

　あーあ。須崎豪紀《すざきごうき》のやつ、ホントに現れるのかね。


　七年前の六月十日、東京・池袋《いけぶくろ》の路上で、安売りで有名なスーパーマーケット・チェーン〈ナリゲン〉の社長・成田源三《なりたげんぞう》の車が襲撃された。

　西口の繁華街のただなかにあるナリゲン本社の数十メートル手前まで社長の車が戻ってきたとき、いきなり前後二台の車にはさまれて停止させられた。車からは目出し帽をかぶった三人の男たちが飛び出してきて、車の窓を工具でたたき割り、社長を道に引きずり出して財布とアタッシェケースを奪い、車で逃走したのである。

　犯行時刻は昼の十二時半すぎ。白昼どころかランチタイムだったわけで、当然、周囲には目撃者が大勢いた。多くはなにが起こったのかわからず茫然と眺めているだけだったが、目撃者のひとり、柿沼東吾《かきぬまとうご》さんが犯人たちに向かって、一一〇番するぞ、と大声を出して携帯電話を取り出し、犯人のひとりにモンキーレンチで頭を強打された。犯人たちは来たとき同様、車で逃走、病院に運ばれた柿沼さんは数時間後、手当のかいもなく外傷性硬膜外血腫で死亡した。

白昼堂々の繁華街での強盗殺人、日本では珍しい凶悪犯罪である。おまけに被害者成田源三社長の注目度がすごかった。

実は、事件の少し前に、夕方のニュースショウがこのナリゲンを特集していた。もちろん、取材の中心は、ナリゲン社長本人である。

いつもニコニコ現金取引がモットーで、東に賞味期限切れ寸前のレトルト商品があると聞けば、行って買いたたき、西にとれすぎて廃棄予定のトマトがあると聞けば、行って夕ダ同然でトラックに積み込み、嵐の後は木から落ちたリンゴを自ら拾い集め、日照りの夏はミネラルウォーター会社に乗り込み、ソウイウヒトニ、ワタシハナリタイ……といった調子で自社を急成長させた凄腕の商売人。

一方で、超のつく大金持ちのくせに、町でティッシュ配りを見つけると、信号を渡ってでももらいにいく。そうして貯めたポケットティッシュが社長室の段ボール箱に二十数箱分。

「もう、一生、ティッシュは買わんですむわ」

そう笑いながら、さらに使ったティッシュを社長室の窓際に干し、乾かして、あと二、三回使うほどのドケチ。車は二十五年前に買った中古車で、たまに着る背広は父親の形見、年に二回開かれる社員旅行で自らのポケットマネーを使って社員全員を豪遊させる以外は、飲食店に行かず自炊、まれに近所のラーメン店に行くときには、タッパー持参で残ったスープと備え付けの薬味をどっさりお持ち帰り、という徹底ぶりを披露した。

おまけにファッションセンスは、いまはなき大阪の食い倒れ人形を彷彿《ほうふつ》とさせるほどで、映像媒体が涙を流して喜ぶタイプのキャラクターといえよう。

実際、この特集の反響はかなりのものだったそうで、瞬間最高視聴率一〇・八パーセント。この時間帯のこの種の番組のなかでは相当なものだった。逆に言えば、この番組を見て、ナリゲン社長の財布には常に二百万入っており、いつなんどき買い時のものを見かけても即取引できるように、アタッシェケースに二千万持ち歩いている、といったことをみんなが知っていたことになる。

いつなんどき襲われても当然の人間が襲われ、それだけなら三億円事件と同じような「オモシロイ」事件のはずが、無関係の人間が殺されてしまったわけだから、いろんな意味で日本中が大騒ぎになった。警視庁は面子《メンツ》にかけても事件解決をと、管轄の池袋西署に二百人態勢の特別捜査本部を立ち上げた。

しかし、それと同時に、被害者ナリゲン社長が、事件当日の夕方、本社内で記者会見を開き、柿沼さんの冥福を祈ると同時に一億円の札束を積み上げ、半分は柿沼さんの遺族に、残りの半分は犯人が逮捕されたあかつきに有力な情報提供者に贈ると発表したから、さあ大変。

五千万という超高額な謝礼金めあてで、善意の目撃者から裏社会の顔役まで、警察そっちのけでナリゲン本社に情報提供者が百メートル以上の列を作った。週刊誌によれば、このとき、すかさずナリゲン社長は行列とマスコミ相手にたこ焼きとラムネの屋台を出し、十二万ほど売り上げたそうだ。

狂乱の一週間がすぎたころ、事件は急展開をみせた。きっかけは、ナリゲンに寄せられた情報だった。事件の三日前、男たちが新宿西口公園のベンチに腰を下ろし、ナリゲン襲撃計画について話をしているのを、ベンチの裏で寝ていたホームレスが聞いていたのだ。

このベンチは公園の中でも特に鳩の糞まみれで、めったに誰も利用しないものだった。それにさきがけて、犯行に使われた二台の盗難車が見つかっていたが、一台の車のシートから微量の鳩の糞が検出されていた。

入梅したはずが、幸い、好天が続いていた。そこでベンチを調べたところ、傷害の前科のある三島浩次《みしまこうじ》三十八歳と、自動車窃盗で逮捕歴のある川上準《かわかみじゅん》三十六歳の指紋が検出された。ふたりは中学の野球部で先輩後輩だったという間柄で、事件後、溜まっていた飲食店のツケをきれいに払った後、そろって姿を消していた。

ふたりは重要参考人として指名手配された。ナリゲンはふたたび記者会見を開き、かのホームレスを情報提供者として認定したことを発表、ただし、支払いは犯人全員が逮捕されてから、逮捕に協力した人間が現れたら懸賞金はそのひと、またはそのひとたちと、ホームレスとの折半ね、と付け加えた。

世間の注目度はますますあがり、高校時代の彼らの写真がネット上にあふれかえった。にわかバウンティーハンターが大量に出現、三島とも川上とも似ても似つかない男たちが突然に襲われ、交番に引きずって行かれるという珍事が各地で頻発した。

ふたりが追いつめられた末、小田原の交番に出頭してきて、それぞれが犯人の一味であることを認めたのは、手配からわずか二日後のことだった。

「冗談じゃないですよ。オレら、社長の財布とっただけっスからね」

三島浩次はげっそりやつれた頰をこすりながら、そう供述した。

「だからひとり百万しかもらってない。ていうか、そうなるはずだったのに、いざ財布みてみたら、半分以上が千円札だったんスよ。だから、全部で百万もなかったんじゃないかな。ひでえッスよ、あの社長。あれじゃ、ツケ払ったら、いくらも残ってなかったし」

もうけは少なく、例の謝礼金のおかげで、みんなの目が光っている。怖くて泊まる場所もないし、店に入って一杯やることもできない。

「スザキのおっちゃんの口車に乗せられたばっかりに、こんなことになって。オレが誘ったせいで、三島先輩にも迷惑をかけてしまったし」

川上準は涙を流しながら、そう供述した。

「スザキのおっちゃんのフルネーム？　知りません。オレが働いてた運送会社に不定期で雇われてたトラック運転手です。おっちゃんがテレビ見て、一緒にナリゲンをやらないかって。白昼、車から社長を引きずり出して、財布とアタッシェケースをもらうだけだ、社長はドケチだから運転手も雇わず、自分で車ころがして、現金持ち歩いてるわけだけど、こんなやつが襲われても自業自得だ、誰も気にしないに違いないって」

調べてみると、スザキのおっちゃんとは、須崎豪紀、五十二歳。

かつては銀行員だったが、左遷されて系列会社の窓際部署に押し込まれ、溜まったストレスを発散しようと思ったか酒場で大げんか。結局、クビになった。

よくよく調べてみると、左遷の一因はナリゲンにあった。こういったタイプの経営者にありがちだが、ナリゲンもまた、金融機関というものを頭から信用していなかった。銀行とは、金を預けてラップをもらうところであって、借りるところにあらず。

銀行員だった頃、須崎豪紀はナリゲンの担当になり、なんとか金を借りてもらおうと土下座までしたが、社長はこれを頭から無視。そこで経理担当者に接近し、接待したのがばれて、ナリゲン社長の逆鱗《げきりん》にふれた。社長は全口座を解約して、銀行を乗り換えた。預金総額は十億をくだらなかったという。

これだけの高額預金者を逃したのだから、須崎豪紀が責任をとらされ、左遷させられたのもしかたがない。一方で、須崎にしてみれば、社長は恨めしいだろう。銀行なんて信用してませんわ、と言わんばかりに現金を持ち歩いて得意顔の社長に、ひと泡吹かせてやりたくなったとしても、不思議ではない。

三島と川上の供述、それを元にした実況見分、目撃者の証言や車に残っていた証拠などから、捜査本部は強盗事件の主犯であり、柿沼東吾さん殺害の実行犯を須崎豪紀と断定した。

そこでさっそく、須崎のアパートを調べてみると、血のついたモンキーレンチや目だし帽が見つかり、須崎豪紀は指名手配された。新たな賞金クビの出現に、三度《みたび》世間は熱狂、全国民はあげて須崎豪紀を追い始めた。

だが……。

大方の予想を裏切って、事件から七年たった今も、須崎豪紀は逃げ続けていた。

2

教会の鐘が鳴り、御子柴将はわれに返った。

「ホントに来るのか、とか考えてんだろ、長野」

玉森が助手席で伸びをして、言った。

「娘の結婚式を、逃亡中の指名手配犯がこっそり見に来るなんて、昭和の刑事ドラマじゃあるまいし、とか思ってんだろ」

「いえ、まあ」

実は、思ってます。

三日前に突然、玉森剛に呼び出され、須崎豪紀の娘が軽井沢で結婚式を挙げる、ついては逃亡犯須崎が現れる可能性があるので張り込む、軽井沢ったら長野の縄張りだろ、よろしく頼む、と言われたときから、そう思っていた。

しかもよりによって、玉森と組んでの張り込みになってしまい、ますます、思うようになった。

ホントに来るのかね。

「言い忘れていたが、昨日、花嫁が窓越しに誰かとしゃべっていたらしい。結婚式場の係員が見たそうだ」

「え……相手は須崎ですか」

「係員が気づくとすぐ、花嫁が窓閉めちまったそうだ。けど、目が赤くなってたってよ」

それでは、やはり、ホントに来た、と。

「人間ってのは、案外、進歩しない生き物なんだよな」

足下に転がるジャムの空き瓶を、バラ、ストロベリー、ブルーベリーとレジ袋にしまい込みながら玉森は言った。ジャム好きで知られる夏目漱石《なつめそうせき》だって、一度にこんなにジャムを食べたことはないだろう、と御子柴は思った。

「考えてもみろ。東京の下町出身で無宗教のねーちゃんが、軽井沢のキリスト教会で、六月に結婚式挙げるなんてさ。ジューンブライドだなんて、梅雨時にははた迷惑なあこがれが流行ってから、かれこれ四十年はたつだろうが。なのに、いまだにこれだもん」

車窓からの眺めは、ある意味で完璧だった。整然と並ぶ木立、石畳のアプローチ、今が旬の薔薇《ばら》が咲き乱れ、地面はきれいに刈り込まれた芝で覆われている。

その奥の教会は、日頃信心とは縁遠い日本人がぼんやりと思い浮かべる「美しい教会」そのもののたたずまいといえた。とんがり屋根、屋根の下には小さな鐘、真っ白い外壁、木と鉄でできたアーチ形の扉。扉が閉められて、すでに二十分。そろそろ、花嫁がバージンロードを歩き出す頃だろう。

薄曇りの雲の切れ目から、午前中の日ざしが教会に降り注いでいた。それは美しい光景だった。たとえ、これが教会の裏側にどんとかまえている、結婚式場が商売のためだけに作った、言ってみれば芝居の書き割りみたいなインチキな教会だとわかっていても、娘たちがあこがれるのがなんとなくうなずける。

須崎豪紀の娘として、辛酸《しんさん》をなめてきたであろう本日の花嫁――両親の離婚後は鈴木優《すずきゆう》奈《な》、数十分後には結婚して今井《いまい》優奈になる――のことだ、一生に一度くらい、あこがれの教会であこがれの結婚式を意地でもまっとうしたくなる気持ちは、わからないでもない。

「長野、おまえさあ」

玉森が甘ったるい息を吐き、リクライニングを元に戻して起き直りながら言った。

「自分も結婚するときは、こういう教会がいいなあ、とか考えてただろ」

「考えてませんよ」

「最近は感極まって、新郎が泣くんだってな。なんだかなあ」

「須崎の娘の結婚相手が、今日の式で泣くだろうってハナシですか。どんな男なんです？」

新郎は今井正弘《まさひろ》、二十七歳のシステムエンジニア。資料にあった写真は見ていたが、影の薄い優男、という印象を受けた。

有名な殺人犯の娘と結婚。言うのは簡単でも、なかなかできることではない。ネット社会になってから、この種の情報はどんなに遮断しようとしても広まるし、時がたってもネット上に残っている。ひとの噂も七十五日、とはいかない時代なのだ。

ひょっとして見た目とは裏腹に、案外肝が据わっているのかと思ったのだが、

「なんかこう、覇気も華もないタイプだね。父親は病気で一昨年死亡、母親は今井が子どもの頃に男とカケオチ、家族の愛情に縁が薄い。いかにもアイツなら泣きそうだなあ。逆に、須崎の娘の優奈、アレは気が強いからね。亭主の首根っこ押さえて、自分のやりたいようにやるに決まってる。アレと一生連れ添うかと思ったら、俺でも泣くかもな」

先ほど優奈がシンプルなウエディング・ドレスを着て、教会に入っていくのを遠目に見かけたが、小柄で華奢、とてもそんな風には見えなかった。

「そうなんですか」

「刑事が女の見た目に騙されちゃダメだろ。考えてもみろ。父親が殺人犯ってだけでもずいぶんイヤな思いをするだろうに、そのうえ五千万の懸賞クビになったから、頭の悪い、強欲な連中に、やたらと身辺嗅ぎまわられたんだ。普通なら、家裁に申し立てて名前変えるとか、せめて引っ越すだろ。けど、足立区の、高い頑丈な塀で取り囲むようにしたとはいえ、母親が親の代から住んでるぼろい木造の平屋の家に、この七年間、がんとして居座り続けてるもんな。さすがに新婚旅行から帰ってきたら、家を処分して別に新居をかまえるつもりらしいが」

「そうだったんですか」

「事件当初はパトロールを強化したり、いろいろやったもんだよ。窓割られたり、放火されかけたり、結局おふくろさん……須崎の元女房な、心労がたたって二年前にくも膜下で死んだもんな」

「玉森さん、優奈とはよく会ってるんですか」

言いながら、御子柴は教会に目を戻した。

今、なにか動かなかったか？

「担当だったからね。まあ最近じゃずいぶん下火になったけど、娘の家が火事になれば、須崎豪紀が現れるかもしれない、そこを捕まえて一攫千金《いっかく》、って考えるバカとか、元女房の葬式になら現れるかも、そこを……って考える恥知らずとか、いやってほど出てきたから。だけど、あの娘は強かったよ。たいていの女の子、いや、大の野郎でもびびりそうな目にあってんのに、うちは大丈夫です、それより警察にうろつかれると、やっぱり父が来るんじゃないかって勘違いされて困ります、なんつって門前払いを」

「玉森さん」

御子柴は遮って、教会脇の大木を指さした。

「男がいます。顔は見えませんが、隠れて教会の方をうかがってます。あの場所に、張り込み配置はしてませんよね」

「須崎か」

玉森はさっと身を起こした。

「わかりません。同年配だとは思いますが」

身長も須崎の一メートル六十九センチを、それほど大きくはずしてはいない。ただし、そもそも須崎豪紀はいわゆる中肉中背、かなりの近眼という以外、これといった特徴のない普通の中年男だった。だからこそ、七年も逃げ延びているのだろうが。

「だけどアイツ、どこから来たんだ？」

ちらり、ちらりと顔や身体のはしを大木からのぞかせる男を観察しつつ、御子柴は首を捻った。周囲は水も漏らさぬ包囲網が敷かれているはずだ。

「んなこと、後で本人に聞けばいいだろ」

行くぞ、と聞こえたときには玉森はドアを開け、チロリアンハットを吹っ飛ばす勢いで、すでに数メートルも先を走り出している。御子柴は早口に無線で連絡を入れると、大急ぎで後を追った。

大木の陰の男は、気配に気づいてよたよたと逃げようとした。この暑いのにカーキ色の長いコートを着込み、髪も髭《ひげ》も伸ばしたいかにも怪しい風体だ。動きが鈍いぶん、勘だけはいいとみえて、ひょいと玉森の手をかわし、植え込みの中へ飛び込もうとした。

しかし、次の瞬間、私服警察官の群れがどっと現れ、あっという間に男はその場にねじ伏せられた。

「こらあ、須崎豪紀」

避けられて頭に来たらしい玉森が、動けなくなった男の頭を一発、平手ではたいた。

「あっ。痛い」

「黙れ、観念しろ」

「ち、ちがいますって」

「往生際の悪い、ここをどこだと思ってんだ」

玉森の低音がとどろき渡り、男は抵抗をやめた。

「七年も逃げ回りやがって、どんだけあちこちに迷惑かけたかわかってんのか。娘の結婚式に泥塗りたくなかったら、おとなしく……あれ」

男をこづき回しつつ、気持ちよさそうに説教していた玉森は、あらためて男の顔を引き揚げて、しげしげと見た。

「誰だ、おまえ」

3

「だからさ、須崎豪紀が捕まってくんないと、ホントにオレ、困っちゃうんだよね」

取り押さえられた男は、ぺらぺらとまくしたてていた。

「犯人が全員逮捕されて、事件が完全に片づくまでは、懸賞金払わないってナリゲンの社長が言ったじゃないですか。けど、どうせすぐに逮捕されるだろうと思ったんだよね、だって、日本の警察って優秀じゃん」

加藤真《かとうまこと》、四十五歳。ホームレス。

三島浩次と川上準が逮捕される情報を提供した、あのホームレスである。

体つきや身のこなしは、須崎と同じ五十代後半に見えたのに、近くで見るとしわひとつなく、血色のいい丸顔で、実年齢より十歳は若く見える。殺気だった警察官でいっぱいの指揮車に座らされているのに、けろっとして、居心地良さそうに作りつけのソファに腰を下ろしていた。

現場の指揮車として、南軽井沢署の署長がキャンピングカーを手配してくれていたのだ。警察所有の指揮車ではめだちすぎるので、この配慮は本当にありがたかった。

玉森から軽井沢での張り込みを告げられたのが三日前。大あわてで四方に手配をおこなったのだが、その際、署長に、花園万頭の東京あんプリンを頼まれ、すばやく届けたのが功を奏したらしい。喜ぶべきことかどうか、我ながら、この種の対応が抜群にうまくなってきている。

しかし、残念ながら南軽井沢署の協力はここまでだった。

昨日の深夜、ある別荘のオーナーが愛人連れで遊びに来て、リビングの真ん中で爆睡している見知らぬ男女を発見した。警察を呼ぶの、割ったガラスや勝手に飲んだ酒を弁償しろの、もめたあげくに男女はオーナーを殴り倒して逃走した。

「一口に軽井沢の別荘と言っても、超高級なものから掘っ立て小屋レベルまで、さまざまなんですわ。バブルと長野新幹線の開通以来、価格があがって警備会社と契約する高級別荘が増えてはいますが、無防備で半ばほったらかしの別荘も多い。一軒一軒あたるのには、人手がいるんですわ」

南軽井沢署の署長は福々しい顔をほころばせ、警視庁は警視庁でやってね、とにおわせた。

御子柴に軽井沢の土地勘はない。ここで須崎豪紀を取り逃がして山狩りのような騒ぎになったら、結局、長野県警に負担がかかってしまう。そこをなんとか、ひとりだけでも応援を、と懇願したが、署長は首を縦に振らなかった。逃がさなきゃいいじゃないか、というわけだ。

で、捕まえられたと思ったら……胃が痛くなりそうだ。

「須崎のひとりくらい、さくっと逮捕してくれるって、オレ、信じてたんだよ。優秀な警察の中でも、天下の警視庁が指名手配したんだしさ。そしたらもらった懸賞金で、逮捕してくれたお巡りさんに、ラーメンくらいおごってもいいと思ってたんだよ。なのに、ぜんっぜん、つかまらねーんだもんな。ダメじゃん、警視庁」

加藤真はカーキ色のコートに手を突っ込んで、脇の下をぼりぼりかきながらしゃべり続けている。玉森のこめかみに青筋が立った。

「ほう、そうか、そりゃあ迷惑かけて悪かったなあ。で、なにか？　おまえはこの七年ものあいだ、いつか懸賞金が濡れ手に粟《あわ》で入ってくると楽しみにホームレスを続けてたのか。それで、須崎豪紀を捕まえるために、東京から軽井沢まで、歩いてきたってか」

「そうだよ。あんたらのせいで、金ないし。歩くよりほか、しかたないじゃんかよ」

玉森の顔が紅潮した。

「なにが俺たちのせいだ。てめえが怠け者だからじゃないか。まだ四十代でそれだけ体力あるんだったらな、いつ入るかわかんない懸賞金なんかあてにしねえで、ちっとは真面目に働いたらどうなんだ」

「オレだって、そうしたいと思わないわけじゃないけどさ。金貸されちゃって、そうもいかなくなったんだよ」

「なんだ、金貸されちまったってのは」

「刑事さん。あんたが思ってるより、世の中って恐ろしいトコなんだよ」

加藤真はしみじみと言った。

「オレが情報提供者だってハナシ、あっというまに広まってさ。あっちでもこっちでも金貸してくれってみんながたかってくるようになってさ。そりゃ、五千万を誰と山分けするんでも、運が良ければ二千五百万、人数増えても一千万くらいは手元に入りそうなやつが身近にいたら、オレだって金貸せくらいのことは言うよ。だから、それはわかる。でも、持ってないもの貸せないし、なんだかんだ言って逃げ回ってたんだけどさ」

加藤は鼻をすすった。

「一度なんか、知り合った社長が親切なひとでさ。住むところと仕事も世話してくれて、家族同然にしてくれて。ああ、いいひとだなあ、この人のためならがんばって働こうって思ってたのに、あるときいきなり土下座されたんだよ。ナリゲンの懸賞金を担保にどっかから金借りてくれって」

「それは、キツイな」

「逃げるしかなくなって、ホームレスに戻ったけど、結局、多摩川《たまがわ》の河川敷近辺締めてる顔役に捕まって、断ったのにナイフつきつけられて、無理矢理三十万円握らされて、借用書に拇印《ぼいん》押させられたんだよ。それで、利子がかさんで、今は借金総額五百万だって。早く払わないともっと増えるって、脅されてさ」

「多摩川の顔役がねえ」

玉森は顎を撫でた。

「そういうのって違法な利子なんじゃないのって言ったら、だったら司法書士にでも相談しやがれって鼻で笑われてさ。あれはさ、知ってんだよ。誰にも話したことなんかないのに。オレが仕事も家族もなくして、鳩の糞まみれのベンチの裏で寝起きするようになったきっかけが、司法書士の先生の奥さんとのイッパ……」

無線がやかましい音を立て、全員が加藤真をそっちのけにして聞き耳を立てた。教会裏に不審者接近、と聞き取れた。

「教会裏だ、急げ」

キャンピングカーを飛び出そうとする玉森のスーツの裾を、御子柴は慌ててつかんだ。

「玉森さん、ここが教会裏ですよ」

言いながら窓越しに外を見た。東側の小径に、人影があった。季節はずれの長いコートを着込み、帽子とマスクとサングラスで顔を隠し、中腰で、そろそろと教会に近づいてくる。

「須崎か」

「顔は確認できません。須崎より若く見えますが……って、ちょっと、玉森さん」

「行くぞ」

確認するまもなく、玉森が飛び出していく。キャンピングカーに詰め込まれていた男たちも、一斉に、不審者めがけて飛び出していった。


「こら長野。おまえ、須崎だなんて言いやがって」

確保した不審者をキャンピングカーに連れてくると、玉森は御子柴を怒鳴りつけた。

いや、言ってません。

「どっからどう見ても、須崎じゃない。ていうか、まだ子どもじゃないかよ」

マスクとサングラスをはずさせると、子どもは言い過ぎにしても、二十歳そこそこの若者が現れた。不機嫌そうに顔を歪め、加藤と並んでキャンピングカー据え付けのソファに腰掛けている。

「名前は？」

「ある」

「いや、そりゃあるだろうけどさ。なんて名前なのか、教えてくれよ」

若者はぼそぼそとなにか言った。隣に座った加藤真が、若者の頭を軽くはたいた。

「おまえさあ、もっとはっきりしゃべれよ。聞き取れねーじゃんかよ」

若者は黙ったまま、財布を取り出して投げてよこした。小銭以外の現金なし、キャッシュカードにデビットカードが一枚ずつだけ、レシートすらないという、殺風景な財布であった。

キャッシュカードの名義はカキヌマショウゴとあった。

「カキヌマって、きみまさか、須崎豪紀に殺された柿沼東吾さんの身内？」

「息子」

柿沼祥吾《しょうご》は口の中でぼそぼそ言った。

「息子さん。が、ここでなにをしてるんだ？」

「オヤジ、殺したやつ」

「えーと、それは須崎豪紀のことかな？」

「そう」

「須崎豪紀がここに現れると思ったわけだ。それで？」

「待つ」

「あー、待って、現れたら、父親の柿沼東吾さんの仇《かたき》をとるつもりだったのか」

「てか金」

「金？」

「あー、もう、まだるっこしい」

玉森剛と加藤真が異口同音に大声をあげた。

「ぶつぶつしゃべってないで、はっきり言え、はっきり」

「そうだそうだ。こっちはこれでやっと懸賞金がもらえると思ったのに、おまえのせいでとんだがっかりなんだ」

「申し訳ないと思ったら、てきぱきしゃべれ」

なぜか仲良くテンションをあげてきたふたりを制し、御子柴はなんとか柿沼祥吾から話を訊きだした。

七年前、柿沼家は大黒柱の父親を失っただけでなく、ナリゲンから五千万円の香典をもらったことから、周囲とさまざまな軋轢《あつれき》が生まれた。五千万は妻子ではなく自分たちがもらうべきだと柿沼東吾の両親や兄弟が主張するわ、そこへ柿沼東吾の大学時代の親友と称する弁護士が仲裁してやると割って入ってくるわ、東吾の会社が、昼休み中に本人が勝手に犯罪に巻き込まれて会社にも迷惑かけたんだし、五千万ももらえたんだし、慰労金や弔慰金の支払いはいらないよね、と言い出すわ。

学校でもいろいろあって、祥吾自身も不登校になり、結果引きこもりになってしまったという。

泥沼の果てにぶち切れた東吾の妻で祥吾の母親は、どいつもこいつもやかましいわ、とわめいて五千万をナリゲンにつっかえしてしまった。以来、父方の親戚とは絶縁状態、母親はひとりで働いて生計をたてているのだが、あの五千万さえあれば、母親はもっと楽ができたはずで、だけど母親の気持ちもわからないではないし、となると、母親を助けるために新たに金を稼ぐとすれば、

「須崎豪紀を捕まえて、懸賞金の分け前にありつこうと思ったのか」

「そう」

柿沼祥吾はぼそぼそと答えた。玉森がチロリアンハットをもみしだきながら、いらいらと言った。

「あのなあ、おまえ、母親を助けるってそういうことじゃないだろ。これでおまえが懸賞金もらって親が喜ぶと思うか？　またナリゲンにつっかえすのがオチなんじゃないのか。こんなとこまでやってこれたってことは、引きこもりも治ったんだろうから、これからは仕事探してさあ」

教会の鐘が、けたたましく鳴り響き、その場にいた全員が飛び上がった。

4

教会の扉が大きく開き、新郎新婦がにこやかに現れた。大勢の参列者が口々にお祝いの言葉をかけ、米や花がふたりに注がれる。

ザ・ウエディング、といわんばかりの光景に、教会の表の車に戻った御子柴もしばし見とれた。

「あれでいくらくらいかかるんすかね」

後部座席で軽井沢プリンをむさぼり食べつつ、加藤真が言った。

「オレのときは東京の結婚式場のパックだったからなあ。費用は全部女房の親持ちだったし、いくらだったか知らないんだよね」

「その女房を、司法書士の人妻ひとりで放り出したのか、おまえは」

玉森剛が軽井沢プリンの、おそらく十二個目を食べながら言い返した。

「そんなひどい男に見えるか。オレが放り出されたんだ」

「えばって言うことか。なあ、長野」

そんなことより、なぜここにこいつらがいる。

加藤の隣には柿沼祥吾がいて、玉森から渡されたプリンをぼそぼそと食べていたが、ミラー越しに御子柴と目が合うと、例によって一言、言った。

「多い」

「多いって、なにが」

「客」

御子柴は参列者に目をやった。華やかなドレスに身を包んだ花嫁と同年配の女性たちに、新郎の友人だろうか、あまり着慣れない感じのスーツ姿の男たち。親戚らしい留め袖式服に身を包んだ年配の一団に、子どもが二、三人。しめて七十人はいる。

殺人犯の娘が盛大な結婚式をあげても不思議はないが、諸般の事情を考えると、事件以降の人間づきあいは限定されていただろう。おまけに双方の親はすでにいないから、親がらみの招待客もないはずだ。言われてみれば確かに、思った以上に盛大だ。

「ああ、ありゃ半分は仕出しだよ」

玉森がそっけなく言った。

「式場に頼むと、五人でいくらって割合で、招待客をよこしてくれるんだ。本当の友人や親戚が呼べないときに、体裁を整えるために必要になるんだな。優奈がそいつを頼んだって聞いたんで、式場側に頼んで、うちの捜査員ももぐりこませてある」

「なんだ、サクラですか」

ひとの輪の中心で、満面の笑みを浮かべている花嫁が、なんだか急にかわいそうに思えてきた。とにかく、今日の自分の姿を「誰がみたって幸せ」にしたい。たとえ形ばかりであろうが。その一心、ということなのか。

「半分サクラってことは、親戚とかもサクラってこと？」

加藤真がべろべろとスプーンをなめながら、言った。

「ま、親しくつきあってる親戚はほとんどいないみたいだからな。優奈のほうもだが、今井正弘の側にも、死んだ父親の弟夫婦くらいしかいないらしい」

「だけど、招待客の水増しって、ふつうはどっちかとの釣り合いとって、体面を保つためじゃん。両方がサクラって、バカバカしくない？　それくらいなら、地味で少人数の式にすればいいのに。金もかからないしさ。見栄はっちゃって」

おまえが言うことないだろう、そう思ったとき、柿沼祥吾がぼそりと言った。

「須崎」

「須崎豪紀が、どうした」

「来やすい。人数、多い方が、まぎれこむの」

玉森と御子柴は顔を見あわせ、ライスシャワーが一段落した一行を念入りにチェックし始めた。

「あの右端。長い黒いコートの」

玉森が言った。見ると、あきらかに身体にあっていないだぶだぶのコートを着た人物が、集団の端の方から新郎新婦を凝視している。

「いたか、あんなやつ」

「いたと思うよ。うん。絶対にいた」

加藤真がのんびりと言い、御子柴は双眼鏡を目に当てた。

「教会に入っていくのは見ていませんね。ただ、須崎豪紀より背が低い気が……って、玉森さん」

「あっ、ちょっと刑事さんっ」

車から飛び出した玉森を、加藤が追いかけていく。無線を入れると御子柴も続いた。

空振り続きで玉森もかなり頭に来ているらしい。結婚式の一行にはできるだけ気づかれずに確保する、という暗黙の了解が、完全に頭から吹っ飛んでしまっているようだ。

「玉森さん、落ち着いてください、玉森さん」

マズイぞ。いくら逃亡殺人犯の逮捕のためでも、その娘の結婚式を台無しにしたなんてことになったら、訴えられかねない。

一行に近づくと、玉森はにわかに歩調をゆるめた。とってつけたような笑顔で、誰彼かまわずに「おめでとう、おめでとう」と挨拶しながら、コートの人影にぐいぐい近づいていく。祝われた方は、ショートパンツのチロリアン男にけげんな表情を浮かべながらも、道をあけている。

先回りをしようとして、木立の裏にまわったとき、側溝の蓋《ふた》に足をとられて転んだ。おかげで御子柴が追いつく頃には、玉森はすでに黒いコートの人影の腕をつかんでいた。相手は無言のまま腕を振り払って逃げようとし、玉森は離さず、ふたりはもみあいになった。さすがに結婚式の一行も、この不穏な雰囲気に気づいたらしい。笑い声がやんで、あたりは静かになった。

そのときには、玉森の元に他の捜査員が数人、駆けつけてきていた。ぐるっと取り囲んで、連れ出そうとする。事情を知っているらしい誰かが、

「あれって、優奈のお父さんじゃないの」

「って、ひとを殺して逃げてるって、あの？」

などと、ささやきかわしているのが聞こえてきた。

御子柴は慌ててウエディング一行に向き直った。

「あ、申し訳ありません。このひとは昨日、この近くで起こりました別荘荒らしの容疑者でして。せっかくのおめでたいときに、お騒がせを」

背後で悲鳴があがった。振り向くと、玉森が黒いコートを手にぼうぜんと立ちすくんでおり、コートの人物のほうは……。

御子柴は目を疑った。不審者は一糸まとわぬすっぽんぽんになっていた。

その場にいた全員が動きを止めた。

突然、新郎が新婦と組んでいた腕をほどき、こちらにむかって走ってきた。新郎は人影に向かって叫んだ。

「お母さん！」

「こら、長野。須崎だなんて言いやがって」

一悶着の末、結婚式場の控え室に陣取ると、玉森は御子柴の耳元で噛みつくように言った。

だから、言ってませんって。

「須崎豪紀とはまったく似てねーじゃないか。ていうかよく見たらコイツ、女じゃないか」

「女で悪かったわね。なによ、アンタたち、裸を見たくせして男と女の区別もつかないの。失礼じゃないの」

女は汗を拭きながら、ふてくされたように言った。避暑地とはいえ、六月に分厚いウールのコートを着ているわけで、相当に暑いらしい。

女の脇には新郎がべったりと寄り添っていた。予想通りというか、予想を裏切って、新郎は披露宴の前から滂沱《ぼうだ》の涙にまみれている。新婦はといえば仏頂面で控え室の片隅に陣取り、結婚式場の係員がやたらと世話を焼いていた。「なにがなんでも、おめでたくなければならぬ」結婚式にアクシデントは付き物だろうが、ここまでややこしいケースはめったにないだろう。

「それではあらためてお尋ねしますが、あなたは新郎・今井正弘さんのお母さんで、現在の名前は山埜幸子《やまのゆきこ》さん、ですね」

「そうよ」

「で、今日は息子さんの結婚式に出席するためにいらっしゃった」

「別に出席するつもりなんかなかったわよ。招待されてないからね」

「ごめんね、お母さん。お母さんがどこにいるかわからなかったから、できなかったんだよ」

しゃくりあげる新郎の手を、山埜幸子は軽く叩いてやって、

「いいのよ。しかたないもの。アタシは十五年も前に、この子を置いて家を出た身なんだ、いまさら新郎の母でございます、なんて顔をする気もなかった。ただ、偶然、この子が結婚することを知ってしまってね。息子の晴れ姿を一目だけ見たくなった。見るだけで黙って立ち去るつもりだったんだ」

「お母さん」

しんみりとした空気が漂い、御子柴は咳払いをした。

「えー、それにしても、率直に言って、結婚式という格好ではないように思いますが」

裸にコート。変質者か誘惑者のスタイルだ。

山埜幸子は息子が渡したティッシュで涙を拭いていたが、やがてくすくす笑い出した。

「だって、しょうがないじゃないの。急に来ちゃうんだもの。おまけに加藤が相手殴っちゃうし、とりあえず、手元にあるもの羽織って逃げ出すしかなかったのよ。加藤はいいわよ、ズボン履くヒマはあったんだから。アタシなんか、毛布代わりにしてたこいつを着るのが精一杯よ」

「……は？」

なんの話だ。

「だけど、言っておきますけどね、刑事さん。アタシはこの子を一目見たら、その足で出頭するつもりだったのよ。加藤だってそれには協力するって言ってたくせにさ。あいつがどう言ったか知らないけど、ここで一泊しようって言ったのも、ガラス割って鍵開けたのも、お酒やなにか勝手に飲んだのも、全部加藤の仕業だから」

ちょっと待て。

「では、昨日の深夜、別荘を荒らしたうえやってきたオーナーを殴って逃走したのは、あなたと……それから、加藤真だと？」

「はあ？　なに言っちゃってんの、刑事さん。アンタ自分で言ってたじゃないの。別荘荒らしの容疑者だって。バレたんならしかたないと思って、ちゃんと観念したでしょ、アタシは。なのにムリヤリ引っ張るから、コートが脱げちゃったんじゃない」

言いましたけども。

それは須崎豪紀の名前を出して、結婚式を台無しにしないための方便だったんですけども。

うわー。

気づくと加藤の姿はない。玉森に目顔で指示されて探しに行った捜査官が戻ってきてクビを振ったところから察するに、山埜幸子の確保を見届けると自分は逃げ出したのだろう。

そういえば、加藤はしきりと山埜幸子は結婚式一行の中に前からいたと言い張っていた。

「じゃあさ。アンタと加藤真、どういう関係なんだ」

「別にカンケーってほどでもないわよ。大宮から高速に乗ろうとしてたら、軽井沢までって段ボールに書いてかざしてるアイツがいたから、乗せてやっただけ。予約してたホテルの前で下ろすつもりだったけど、ホテルに着いたら正弘ちゃんがいるじゃない。顔を合わせるわけにはいかないし、だから電話でキャンセルしたんだけど、他のホテルはどこも満室で。車で寝ようかとも思ったんだけど、このトシになるとさすがにね。そしたら加藤が知り合いの別荘がある、勝手に入ってもあとで謝れば大丈夫だ、なんていうもんだから」

それで全裸になり、見つけたコートを毛布代わりにしてリビングの真ん中で……などという詳細は、さすがに息子の前では訊けなかった。

## 5

南軽井沢署に連絡して、山埜幸子を引き取りに来てもらい、加藤真の人着《にんちゃく》を詳しく説明して手配を頼んだ。念のため、教会の木立の裏の側溝を見てくれ、と言うと、南軽井沢署の係員は妙な顔をしていたが、じきに、式場の控え室にまで、教会表の大騒ぎが聞こえてきた。加藤真が木立のなかから突然に湧いて出たのは、早い時間帯からあそこに隠れていたからではないか、と目星をつけたのがアタリだったようだ。

控え室には玉森と御子柴、花嫁だけが残った。化粧直しを終えてなお、優奈は花嫁とも思えぬほどぶすくれていた。

「刑事さん、玉森さんでしたよね。以前にも父の件でお会いしたことがあります。警視庁捜査一課の刑事さんですよね」

優奈はとげとげしく言った。

「前にも言いましたけど、いくら父を逮捕したいからって、家族のまわりを嗅ぎまわるのやめてもらえません？　身内に殺人犯が出たからって、わたしたちの人権がなくなるわけじゃありませんよね」

「いやだなあ。私ら別荘荒らしの犯人をですね」

　玉森が空々しい声をあげるのを、優奈は遮って、

「あら、警視庁のひとが長野の別荘荒らしを捜査？　それって都民の税金の無駄遣いなんじゃないかしら」

　鼻を鳴らした。

「妙なごまかしやめてもらえません？　警察だからってなにをしてもいいわけない。結婚式くらい遠慮するのが常識でしょう。父が逃亡犯でも、家族には関係ないんです。なのにえんえんと家族の身辺うろついて。二年前、母が死んだのもあんたたちにうろつかれてストレス溜めたからよ。いますぐ、この場から全員出て行ってください。さもないと、警察を訴えます。慰謝料請求しますからそのつもりで」

　なるほど、はんぱない気の強さだ。こんな女性と一生連れ添うはめになったら、自分も泣くかも。

　もっとも、優奈のような状況に追い込まれたら、イヤでも気が強くなるだろうなあ。

「アンタの言ってるのは一見、正論に聞こえるがね。アンタの親父に殺された柿沼東吾さんの遺族にそのセリフ、言えるのか。犯人が逃げおおせていることで、遺族は無意味に苦しめられてるんだぞ。ここに来てるんだよ、呼んでやろうか」

　玉森の逆襲に、優奈はひるんだような顔になったが、すぐに立ち直って、

「わたしは被害者遺族を訴えるなんて言ってませんから。それに、遺族だからって、何の

罪もないわたしの結婚式、ジャマする権利なんてありませんよね。とにかく、いますぐ出てってください。これ以上粘ったって、父はもう、現れませんよ」

「アンタ、優奈さんよ。アンタのツイッター見たよ。結婚式を軽井沢で挙げるって、やたらに宣伝してるの、須崎豪紀へのメッセージだろ。返信のなかに、盗難にあったスマホからのお祝いメッセージもあった。あれ、須崎豪紀からなんじゃないのか。サクラ集めて盛大な結婚式にしたのも、須崎豪紀がまぎれ込みやすい環境を作るためだったんだろ。要するにアンタら親子は連絡を取り合ってた。自分の都合ばかり並べ立てるのは、親父を出頭させてからにしたらどうなんだ」

青筋立ててわめきたてる玉森に向かって、優奈はにやりと笑ってみせた。

「刑事さんの言ってることが正しいとして、だからどうなんです？　娘が親をかばったって罪にはならないんですよね」

優奈はブーケの中からカードを取り出して、テーブルに置いた。クリーム色のシンプルなカードには一言〈おめでとう　父〉と書かれていた。

「あっ、これ、どこにあったんだ」

「教会の控え室の窓のところに立てかけてあったの」

「これ、須崎豪紀の……？」

「さあ。それを調べるのはそっちの仕事でしょ。あげるから筆跡を調べてみれば。それにしても、警察って無能よねえ。今朝早くから、大勢で密着してるのに、父が来たことに気づかないなんて。税金泥棒もいいとこだわ」

勝ち誇ったような笑みを見せて、優奈は堂々と控え室を出て行った。

新幹線のデッキに出ていた玉森剛は、ケータイを閉じながら隣の席に戻ってきた。

「メールでカードの写真を送っておいた鑑識からの報告だがな、あの筆跡はまず、須崎豪紀のものに間違いないそうだ」

御子柴の身体がぐらりと揺れたのは、長野新幹線のせいばかりではなかった。

「では、やはりあの場に須崎豪紀が来ていたということになりますか」

念のため、招待客（本物もインチキも）や結婚式場の係員など、およそ須崎の可能性がありそうな人間全員を再チェックしたが、須崎豪紀は見つからず。それらしい人物を目撃した人間もいなかった。不特定多数の、大勢の人間が出入りしていたのだ。よほど結婚式にふさわしくない格好でもしていないかぎり、気づかれなくても不思議ではない。

「断言はできないけどな。以前に受け取っておいたカードを、優奈が出してきただけかもしれん」

「なんでそんな真似を」

「なんでって、わかるだろ」

玉森は軽井沢駅で買いこんだ、峠の釜めしを食べ散らかしながら言った。

「いやがらせだよ、いやがらせ。あの女のこった、ツイッターであれだけ大宣伝すれば、俺たち警察も張り込みに来る、それくらいの見当はついてたろうからな」

「だったら宣伝しなきゃいいのに」

「加藤真が言ってたとおりだ。見栄はったんだよ。くそっ」

釜めしを食べ終えると、玉森は花豆赤飯を取り出した。南軽井沢署にキャンピングカーを返しに行き――ついでに、署長からやんわりと皮肉を言われ――、今度はレンタカーを返すために駅まで戻ろうとしたとき、玉森に拝み倒されるようにして旧軽銀座の柏倉《かしくら》製菓まで寄り道をさせられた。花豆赤飯はそこで買いこんだのだ。

ふっくらとやわらかく炊きあがった花豆がもち米をほんのり甘くして、それはおいしい赤飯だったが、本来ならそんなもの買いにいっている場合ではない。大勢で遠出してよその縄張りに踏み込んだあげく、無関係の人間を三人も捕まえ、しかもひとりは犯罪者だったのにそれと気づかず張り込みに同席させ、プリンまで食べさせた。

で、結局、かんじんの須崎豪紀は、捕らえるどころか確認もできなかった。

ヘタしたら玉森さんの責任問題になるな、と御子柴は思った。須崎豪紀は軽井沢近辺にまだとどまっている可能性があるから、そのための手配はすでにすませた。当然、玉森は須崎逮捕まで長野にとどまると言い張ったのに、上からの命令で帰京を余儀なくされたのだ。通話の様子から見て、帰ったらとんでもないお叱りを受けるに違いない。

一瞬、玉森を気の毒に思ったが、自分の立場も思い出した。長野県警南軽井沢署が協力しなかったからこんなことになったんだ、などと言われないようにしなくてはならない。長野県警の、誰か刑事部のえらいひとから、須崎豪紀逮捕に向けてこちらでも最大限の協力をしています、という電話を一本、警視庁の、誰か刑事部のえらいひとにしてもらっておかなくては。警視庁側から、長野県警のご協力を感謝します、の一言を引き出せばオッケーだ。

誰がいいかな。長野県警の刑事部参事官はキャリアで、たしか警視庁刑事部の誰かと同郷で、先輩だったっけ。

思いをめぐらせているうちに、自己嫌悪が襲ってきた。

こういうのって、政治だよな……。

せめて玉森には今だけでも、花豆赤飯くらい、思う存分食べさせてやろう。そう思い、新幹線のドアの上に出る電光掲示板のニュースをぼんやり眺めていた御子柴は、次の瞬間、飛び上がった。

「た、玉森さん」

「なんだよ、食事時にうるさいな、長野は」

「あれ」

電光掲示板には、御子柴を驚かせたニュースが再度、流れた。

安売りで知られるスーパーチェーン・ナリゲンが会社更生法を申請。事実上の倒産。


「な、なんだありゃ。おい、懸賞金はどうなるんだ」

「知りませんよ」

「ははは、加藤のヤツ、懸賞金とりそこねてやがんの。ざまみろ」

けたたましく笑う玉森に、御子柴はあきれた。気持ちはわかるが、ひどくないか。

「借金はどうなるんです、借金は。加藤真は多摩川河川敷の顔役に、利子を含めて五百万貸されちゃってるんでしょ」

「それはまあ、どうにかしてやれるよ。ここだけの話、多摩川河川敷周辺を締めてるホームレスの顔役っていやあ、公安部のスリッパだからな」

「スリッパ？」

「あ、違った。スリーパー。工作員。って、そんなこと言ってる場合じゃなかった。マズイ。なんてタイミングだ」

玉森は頭を抱えた。

「これで例の須崎豪紀の事件がマスコミに蒸し返されるぞ。今回、須崎を逮捕できなかっ

「軽井沢の件はまだ、マスコミには漏れてませんって」

「優奈が漏らすに決まってんだろ。それも盛大に流しやがる。ああ、畜生。オレは終わりだ。こんなことなら軽井沢に居座ればよかった。いろいろあきらめたんだぞ。フランスベーカリーのメレンゲとか、万平《まんぺい》ホテルのアップルパイとか、ミカドコーヒーのモカソフトとか」

かける言葉も見つからない、と思ったその時、ケータイが鳴った。これ幸いとデッキに出た。

「お久しぶりです、小林警部補」

「お元気ですか、御子柴くん」

松本署時代の、懐かしい上司の声だった。

「いえね、御子柴くんが軽井沢にいるって話を耳にしたものだから、連絡してみたんですが、どうやらもう新幹線の中みたいですね。軽井沢にいるんなら、東京のアレを手配しろとかコレを買って送れ、みたいなのはないでしょうけど、また理不尽におやつに振りまわされるんじゃないかと思いましてね」

そうか、今回はひどい失敗だったわりに疲れていないと思ったら、それがなかったんだ、と御子柴は思った。

「そっちは大丈夫です。それより事件がたいへんなことになってまして」

松本署にいたときには、よく小林警部補と事件について語り合ったものだった。いま思えば、あれはかけがえのない時間だったのだなあと思いつつ、御子柴は須崎豪紀事件のいきさつを話した。

「……そんなわけで、捜査一課の主任が青くなってましてね。まさかナリゲンが倒産するとは思いませんでしたよ。銀行嫌いなんだから負債はないと思ってたけど、どこか変なところから借りてたんですかね」

「ひょっとしたら計画倒産かもしれませんね。こちらのニュースでは、成田源三社長は行方不明だそうですよ。ドケチっていうからには、有り金持って逃げたのかも。いや、そんなことより」

小林警部補はうーん、とうなった。

「お祝いのカードの件ですがね。筆跡だけじゃなくて、紙やインクの鮮度っていうのも調べた方がいいかもしれませんね」

「鮮度ですか。いや、だけど、あの場ではなくて少し前に渡されていたとしても、たとえば三日前とかではわからないんじゃないですか」

「そりゃそうですよ。でも、何年もたっていればわかるでしょう」

「小林さん。ひょっとして、なーんか変なこと思いついちゃってませんか」

「はい、実は」

小林警部補が頭をかく仕草が目に浮かんだ。

「あのですね、須崎豪紀の娘は放火や嫌がらせやら、ご近所の噂やら、いろんなことに苦しめられながらもずっと同じ家に住んでたんですよね。でもって、家を塀で囲んで守りを固め、刑事にも門前払いを食わせた」

「ええ」

「かなり気の強い女性だってことはわかりますが、それだけではなく、そもそも今回の結婚式には、いろいろと違和感がありましたよね。必要もないのにお金を余分に出してまで大人数をそろえ、場所もわざわざ軽井沢、ツイッターで大宣伝。それにより、警察はもちろん賞金稼ぎや被害者の遺族まで、呼び寄せてしまうことになった。おめでたい席に招かれざる客を自ら呼び込むなんて、気の強さだけでは説明つきませんよ。で、大山鳴動して、結局出てきたのは、須崎豪紀の手書きのカードが一枚だけです」

「そうなりますね」

別荘荒らしも出てきたが。

「これではっきりしたのは、つまり、須崎豪紀は生きて、逃げ続けている、ということだけです」

「はい……」

「ホントにそうなんでしょうかね」

「だって前日に、娘が窓越しに須崎と話しているのを結婚式場の係員が……あっ」

「相手のことは全く見てませんよね。だったら娘の一人芝居で充分いけますよ」

　御子柴は思わず身体を起こした。

「まさか、小林さん、須崎豪紀はもう、死んでいると？　そしてそのことを娘の優奈は知っている、そういうことですか」

　言いながら、御子柴は考えた。ただ死んでるってだけなら、隠すわけがない。須崎豪紀が死んでしまえば懸賞金騒動も終わるからだ。犯人が死ねば、加害者側への風当たりもずいぶん和らぐだろう。むしろ、広めたくなるはずだ。だとすると。

　高い塀に守られた家。門前払いされた刑事。七年もたてば、遺体は白骨化して処分もずいぶん楽になる……。

「七年前の事件直後に、須崎豪紀は別れて暮らす妻子を訪ね、そこで殺された。そのことを隠すために、優奈が一芝居打った。カードにはひとことおめでとうとあるだけだから、結婚のお祝いとはかぎらない、進学のお祝いとか誕生日かもしれない。そんな昔のカードと、盗んだスマホで須崎豪紀が生きているように偽装した……そういうことでしょうか」

「ま、何の証拠もありません。ただの憶測です。勢い込んで警視庁のひとに話したりしちゃダメですよ。御子柴くんが恥をかいちゃうかもしれないから。でもね」

小林警部補が言った。

「須崎の娘はわざわざ自分から、カードを見せたんですよね」

## 6

数日後、足立区の平屋に人骨があるという通報が、所轄署の刑事のケータイ電話にかかってきた。

通報は公衆電話からで、男は自ら泥棒と名乗り、須崎豪紀の娘の住んでいた家に盗みに入ったが、骨を見つけてしまった、おそろしい、早く成仏させてやってくれ、と早口に告げると電話は切れた。

なにしろ有名な家だ。刑事が駆けつけると、塀が大きく破られ、窓も割られていて、いかにも非常事態である。そこで屋内を捜索すると、部屋の真ん中に置かれた段ボール箱に人骨が入っているのが見つかった。検屍の結果、人骨は須崎豪紀のものと歯形が一致、死亡時期は五年から八年前、死因は頭蓋骨《ずがいこつ》骨折が原因の外傷性硬膜外血腫の可能性が濃厚だとされた。

新婚旅行から帰ってきた鈴木優奈——法律上は、まだ、今井優奈にはなっていなかった——は、観念したように、すべてを自供した。人を殺したと言って突然現れた須崎豪紀と、二年前に死んだ母親が争い、母親が須崎を殴り殺してしまった。そこで床下に埋め、知らん顔で暮らしていたが、時間がたち、結婚も決まって先日掘り起こしてみると、遺体はすっかり骨になっていた。これなら処分できる。海にでも散骨しよう。

しかし、なにかのはずみで須崎の骨が見つかって、七年前の母親の殺人がばれたらどうしようと不安になり、父親がまだ生きているようにみせかけることを思いついたという。

殺したのが母親なら、そこまで隠し通す必要があるとも思えない。ホントは父親を殺したのは優奈本人なのではないか。ただし本人はその点について頑強に否認している、と玉森は言っていた。

　事件を解決してくれたも同然のありがたい泥棒は、まだ、捕まってはいない。新幹線の中で小林警部補の推理を聞かせたことや、目撃者によればその泥棒は頭がでかく、身体がひょろっとして、まるでモヤシのような体型だったということなどから、思いあたるフシがないわけでもないのだが。

　すべてが一段落した頃、クビどころか事件解決ということになった玉森が、軽井沢プリンを大量に取り寄せて、御子柴の所属する捜査共助課に置いていった。珍しいこともあるもんだ、と同僚たちと軽口をタタキながら、御子柴もひとつ、食べてみた。やわらかく贅《ぜい》沢《たく》で濃厚で、昭和のプリンとは別物でも、幸せが口のなかに広がる。

　さすがだ。これはうまいわ。

# 忘れじの信州味噌ピッツァ事件

1

重い頭を抱えてエレベーターを下りた。こういうときにかぎって、会いたくないヤツに出くわしてしまいそうな予感がするなあ、と思ったとたん、背後からとどろき渡るような低音で呼びかけられた。

「おい、長野。な〜が〜の〜」

やっぱり。

「なんだよ、不景気な面しやがって。ゆうべ、飲んだんだな。スイーツ刑事ともあろうものがダメじゃないか。酒は舌を鈍らせるぞ。夜遊びもたいがいにしろよ」

大きな頭をゆらゆらさせて、玉森剛が言った。

この警視庁捜査一課の主任こそ、朝いちばんにはもっとも会いたくない相手だが、それは別にしても、言い返したいことは山ほどあった。まず、自分の名は長野ではなく、御子柴将だ。スイーツ刑事などというふざけた呼び方もやめてもらいたい。

ゆうべ、飲んだのだって遊びなどではない。

長野県飯田《いいだ》市で発生した連続空き巣事件の犯人が、東京の妻子の元に舞い戻ってくるのを二週間ばかり張り込んで、ようやく逮捕にこぎつけたばかりだった。長野県警からの出張組は、ただちに犯人の身柄を飯田市に移送。長野県警から警視庁に出向中の身の上で、長野絡みの事件には必ず参加することになる御子柴もお役ご免となり、張り込みに参加してくれた警視庁捜査共助課と所轄の応援部隊を居酒屋で慰労した。

ただの飲み会というなかれ。「慰労」という行為こそ、長野県警が警視庁と連携するにあたってもっとも重要だと、最近の御子柴は悟りつつあった。このクソ忙しいのに、なにが悲しくて長野県警の応援だボケ、と不満でいっぱいだった所轄署刑事が、慰労の一杯で別人のように愛想良くなり、

「なにかあったら、また、一緒にやりましょう、長野さん！」

にこにこと帰っていくのだ。

口先だけでもそう言ってもらえれば、ホントに次が起きたときにぐっとやりやすくなるはず。だから、慰労は大切な業務の一環である。要するに、ゆうべの飲み会はサービス残業みたいなもので……。

てなこと言い出すと長くなる。御子柴は話題を変えた。

「あ、そうだ。玉森さん、遅い夏休みはいかがでした？」

玉森はにかっと笑って、ますます低音を響かせた。

「おうよ。豊橋《とよはし》からあんまきを持てるだけ持って、食いながら飯田線に乗ってな。飯田線には秘境駅といわれる無人駅が数多くあるのを知ってるか。それをたぶん、記念したんだろうが、秘電最中《もなか》って列車の形をしたもなかがあるんだぞ。すずらん牛乳のソフトクリームもうまかったし、栗きんとんもあちこちで食ったよ。そうだ、伊那《いな》の駅前の菓子屋で〈まゆ〉って名前の菓子を買ったんだが、こいつが最中の皮にバタークリームを詰めて、チョコレートでコーティングしてあるっていう、バタークリーム好きにはこたえられない菓子でな。箱根《はこね》の富士屋ホテルで食べた寄木《よせぎ》細工ケーキとか、六花亭のマルセイバターサンドとか、成城アルプスのロールケーキとか、バタークリームの銘菓は数あるが、まだあんな優れものが隠れていたとは。いやあ、信州はあなどれないな」

あだ名がモヤシだけあって、身体がひょろっと細いのに、玉森は伝説的な甘党である。彼を見ていると、糖質制限ダイエットになんの意味があるのか考えさせられてしまう。

「旅行の間中、ずっとお菓子食べてたんですか」

「いくらオレが甘党でも、そんなわけあるかよ。ちゃんと、駒ケ根《こまがね》ソースかつ丼会設立二十周年記念のスタンプラリーにも参加したし、諏訪《すわ》みそ天丼も五平餅《ごへいもち》も食ったってば。なんだ、長野でも北のほうじゃおやきが主流で、南は五平餅なんだってな」

すっかり調子に乗り始めた玉森の肩を、遠慮がちに軽く叩いたものがいた。玉森は面倒くさそうに振り返り、あ、という顔になった。

「そうそう、これを返さないと。おかげで百円引きになったから。しかも、ひょっとしたらオモシロイ事件になりそうだし。そうなったら声かけてくれや、オレ在庁番だからさ。じゃ、あとはコイツに聞いてくれ」

ポケットからキーホルダーを取り出すと、御子柴に押しつけて、さっさと歩き去っていく。あぜんとして見送る御子柴に、玉森の背後にいた男が一礼した。

モヤシの後ろに隠れていただけあって、細身で小柄な男だった。きちんとネクタイを締め、スーツのボタンをすべて留め、靴はぴかぴか。就活戦線が異状をきたして以来、大学生のスーツ姿だってまだ気が利いている。若い男というよりは、背伸びしたお子ちゃまに見えた。

「あのあのあのっ、調布東警察署、真汐文吾《ましおぶんご》ですっ。あのっ、お疲れのところ、ご協力どうもっ」

なにがなんだかさっぱりわからない。御子柴は手の中のキーホルダーを見おろした。

五日前、九月二十四日の深夜十一時過ぎ、調布市西つつじヶ丘付近をパトロール中の警察官が徘徊していた男に気づいた。ぼろぼろのグレーのポロシャツに焦茶色のコットンパンツ、素足で目はうつろ。かなり用心しながら警官が声をかけると、白目をむいて地面に崩れ落ちた。

　絵に描いたような薬物中毒者だと誰もが思ったが、救急搬送されたK大学病院で調べたところ、薬物は検出されず、頭部に殴打傷が発見された。どうやらどこかで殴られて、その後、町を彷徨《さまよ》っていたらしい。

　傷害事件、ひょっとすると殺人未遂事件の可能性が高い。管轄の調布東警察署はいろめきたったが、しかし、問題があった。この男、意識が戻っても自分がどこの何者なのか思い出せなかったうえ、財布もケータイも手帳も、身元を示すようなものをなにも持っていなかったのである。

「あの私、この件の担当になりまして」

　真汐文吾は捜査共助課の隅にある打合せ用の応接セットに腰を下ろすと、緊張しながらもなんとか筋道を立てて説明した。

「毎日、病院に通って彼に話しかけてみたんですねっ。ちゃんと、会話は成立するんです。お医者さんの言うには、なにか強い精神的ショックを受けて、同時に殴られたことで海馬に損傷ができて、逆行性健忘症になったということで。日本語をしゃべるし、普通名詞は出てくるし、ただ、自分にまつわることを思い出せないというわけなんですっ」

　医者の見立てでは、被害者の年齢は三十代後半から四十代の半ば。日に焼けてもおらず、特に筋肉が発達しているわけでもなく、肉体労働者ではなかろう、という。視力は眼鏡なしで問題ない。右のこめかみに、二針ほどの傷跡がある他は手術痕なし。虫歯も歯の治療痕もなし。刺青《いれずみ》もなければ、ピアスの跡も見あたらない。栄養状態はまずまずだし、特に不細工でもなければ、秀でた容貌というわけでもない。

ちょっとおなかがせり出し始め、少しだけ頭頂部が薄くなりつつある、ふだん運動はしていないが、まずは健康体——東京都内には、石を投げればあたるほどいる平凡な中年男だ。

それだけに、やっかいといえる。

「もちろんあの、捜索願をあたってみたんですが、該当するものはなくてですねっ、五日待っても出てこないしですね。衣類は全部、大手量販店のものでしてねっ」

真汐文吾は医者と相談の上、この男に音楽を聴かせてみたり、地名を並べたり、雑誌を見せたりして、なにか反応がないか探ってみたのだが、

「食いついたのは、オヤジ雑誌の袋とじだけでしてねっ、グラビアアイドルの。それなら誰でも食いつきますよねっ。もう、ほかに唯一、手掛かりになりそうなものといったら鍵の束だけでして」

住宅用の鍵が三本とスーツケースの鍵らしいのが一本、それに南京錠のらしき小さな、ありふれたものが一本。住宅用のものはすべてがもっとも安価で無難なシリンダー錠用のもので、

「鍵から身元の特定をするのは不可能だな、と。でも、それについていたキーホルダーが

ですねっ、ちょっと変わってまして」

真汐文吾の視線が、御子柴の手のなかのキーホルダーに落ちた。

御子柴もつられてキーホルダーを見て、ようやく納得した。

なるほど、そういうことか。

長野県の駒ヶ根市に特産品や土産物、農産物などを扱う駒ヶ根ファームスという施設がある。二階には〈南信州ビール〉の直営レストランがあって、そこの名物が〈信州味噌《みそ》ピッツァ〉という。

薄いぱりぱりの生地にチーズ、そのうえに甘みの強い味噌が筋状に配され、さらに青ネギがちりばめられているだけ、というピッツァだ。味噌を使ったピッツァというのは珍しくないが、チーズと味噌、ふたつの発酵食品の旨みと風味だけをぞんぶんに味わえる、シンプルにして贅沢《ぜいたく》な逸品——とは、御子柴の両親のセリフである。

息子が長野から出戻ってきてしまったせいで、また暑い夏を東京ですごさなくてはならない、とあんまりにも両親がぼやく。長野県警のお偉方から頼まれた甘味の買い出しに尽力してもらっていることもあり、親孝行と礼をかねて、七月にふたりを駒ヶ根高原に送り出したのだ。

御子柴の住む調布市の仙川からバスで十分ほどのところに、中央高速バスの中央道三鷹中原《なかはら》停留所がある。そこから駒ヶ根行きの高速バスに乗れば、駒ヶ根までは約三時間と、意外に近場だ。

両親は駒ヶ池近くのホテルに腰を据え、千畳敷《せんじょうじき》カールを一周したり養命酒の工場をのぞいたりと避暑を楽しみ、地元産の野菜を大量に抱えて帰ってきた。御子柴の持っているキーホルダーは、その時のお土産で、レストランで売っていた〈信州味噌ピッツァ〉を模したもの。これを見せると次回からはピッツァが百円引きになるそうな。

九月に夏休みがとれたら、偉大なるローカル線・飯田線に乗るんだ、と自慢していた玉森にその話をして、キーホルダーを見せたら、当然のごとく、貸してもらおう、と取り上げられてしまったのだが、それにしても、

「真汐くん、きみ、このキーホルダーを玉森さんが持っているとどうしてわかったんだ?」

「あのあのあのっ。以前、調布西署に帳場が立ったとき、私、玉森さんの案内役になりまして。食べ物のことなら玉森さんがお詳しいと思って、あの、ひょっとしたらって写メしてみたらさすが、ご存知でらっしゃって」

むりやりな敬語に舌をかみながら、真汐文吾は言った。

さすが、玉森はご存知でらっしゃった。

御子柴の——というか、その両親のおかげで。

思わず、うめき声が出た。この仕事をしているとまれにこういう驚きの偶然に出くわすものだが、なにもこんなルートを通らなくてもいいではないか。

御子柴はキーホルダーの正体について、あらためて真汐に説明した。

「あのあのっ、すると、そんじょそこらにあるものではないんですねっ」

唯一の手掛かりの正体が判明して、真汐はエサを目の前にした犬のような顔で、御子柴を見つめている。

「そりゃそうだけどさ」

いくら製造数が少なくたって、数百円のキーホルダーをどんな人間が買ったかなど、そうそう覚えてやしないだろう。したがって、

「一応、キーホルダーを置いてあるレストランや近辺の所轄署に問い合わせてみるけどさ」

ダメもとだからね、と言いかけるのを遮って、真汐が元気よく言った。

「はいっ。よろしくお願いしまっす」

真汐を応接セットに置いて、デスクに戻った。レストランの開店時間にはまだ時間があったので、駒ヶ根署に電話をかけ、〈みそピザ男〉の写真をメールする。生活安全課の担当者は、徳松《とくまつ》と名乗る女性だったが、朝からやたら元気で、しかもメールを開くなり爆笑した。

「あー、このひと。あたし知ってますー」

殺されかけて記憶がない、と説明したのに笑うことないだろ、と思ったが、徳松にとっ

て笑ったことにたいした意味はないらしい。

「右のこめかみんとこにちっさな傷ありません？　早太郎《はやたろう》温泉にある、ペンションのご主人ですよ」

早太郎とは、駒ヶ根の光前寺《こうぜんじ》で飼われていたが、はるばる遠州見附《みつけ》宿まで狒狒《ひひ》退治にでかけていった犬の名前で、闘いに勝って見附のひとびとを救って死んでしまったことから霊犬と祭り上げられた。光前寺には、この早太郎の立派な木像、石像、お墓があり、縁起を記した絵本まで売っている。早太郎温泉は、この霊犬から名前をもらってこの名になった。地元の菓子店では早太郎最中や早太郎温泉まんじゅうを売っている——とは、これまた避暑を満喫した両親から聞いた話だ。

なんとか休みをもらって、駒ヶ根まで行ってきたいものだ、と思いつつ、御子柴は訊いた。

「それで、そのご主人の名前は？」

「なんてったかなー。ペンションの名前は〈あっぷるハウス〉っていうんですけどね。奥さんの名前はたか子で、ホームメイドのアップルパイがおいしいんです。四年くらい前に、もともとあった古い旅館を壊して、赤い屋根に真っ白い壁のペンションに建て替えたんですよー」

「じゃあ、そのご主人が地元のひとなんだ」

「あー、ちがいますよー。たか子さんが旅館の娘で、両親が死んだあと、ひとりで旅館をやってたんですけどー、東京から来た観光客だったご主人と結婚してー。そのダンナさんがお金出して、今みたいなペンションにしたって聞いてるんですけどねー。あー、ちょっと待ってくださいねー」

しばらく電話の向こうからキーボードを叩く音だの誰かになにかを尋ねる声だのが聞こえていたが、やがて、ふうふう言いながら、電話口に徳松が戻ってきた。

「わかりましたー。ご主人の名前はフジタハジメっていうそうですー。フジタはふつーの藤田で、ハジメはあの、フデみたいな字ですー」

藤田肇《はじめ》。御子柴はメモにそう書いて、真汐文吾に渡した。

2

一九七二年四月二十日生まれ、現在四十一歳。長野県駒ヶ根市に本籍を移したのは二〇一〇年六月七日、この日に藤田たか子との婚姻届を提出し、藤田の戸籍に移っている。旧姓は東城《とうじょう》。両親は二〇〇三年に自動車事故で死亡。兄弟、子どもなし。

四人部屋の病室の窓際のベッドの上で、藤田肇は真汐文吾の語る自らの情報を聞いていた。昼食が終わった直後のことで、病棟全体がなんとなく騒がしい。が、藤田本人はどことなく、悠然として見える。

「思いあたること、ありませんか」

真汐にそう問いかけられて、藤田は軽く首を傾けた。

「……さあ」

まるで他人事のような態度だ。立ち会った担当医も看護師も、御子柴も、あまりの張り合いのなさに思わず苦笑を漏らした。

「まあ、もうすぐ奥さんが見えますから。直接顔を合わせれば、なにか思い出すんじゃありませんか。そうでなければ困りますが」

御子柴が希望的観測を口にすると、医師は軽く顔をしかめ、一緒に病室を出るなり文句を言った。

「刑事さん、患者さんにあまりプレッシャーをかけないでください。記憶障害がどういったメカニズムで回復するのか、わかっていないことも多い。焦りはかえって記憶回復の妨げになるかもしれません」

「ですが、少しはプレッシャーを感じたほうが、記憶が戻るのでは？　どこかで誰かが彼を殺そうとして失敗したわけですから。彼になにが起きて、敵が誰なのか知らないと、この先、安心して暮らせないでしょう」

医師は目を見張った。

「怖いこと言いますね。ただの強盗だったんじゃないですか。財布もケータイも盗まれたわけだから」

通りすがりで、大手量販店の安いポロシャツにコッパン姿の大の男を標的にするような強盗犯がいたとしたら、そのほうがよっぽど怖いだろうよ、と言いかけて、御子柴は言葉を飲み込んだ。

病室をのぞき込むと、藤田肇はもっぱら平和な顔つきで、昼食後のお茶など飲みながら、窓の外をまぶしげに眺めている。

「記憶喪失の患者って、みんなあんなにのんきなんですか」

「藤田さんの場合、まだ脳に腫れも残ってますしね。現実感が薄いのかもしれません」

医者はもっともらしく言うが、自分が誰だかわからなくなるほど精神的に強いショックを受けたにしては、藤田肇の態度は堂々としすぎているようにも見える。

ともかく、妻たか子の到着を待つことにして、御子柴と真汐は病院の食堂で昼食をすませることにした。警視庁の食堂のより多少はマシ、といううどんをすすっていると、ケータイに駒ヶ根署の徳松から連絡があった。

「あー、こっちでいろいろ聞き込んでみたんですけど、なんか、よくわかんないんですよねー」

徳松は開口一番、のどかに言った。よくわかんないのはおまえのほうだ、というセリフをうどんとともに飲み込んで、御子柴は訊いた。

「なにが？」

「全部ですー。あたし〈あっぷるハウス〉の従業員や近所のひとに、藤田肇さんが誰かに恨まれてなかったかとか、大金を持ち歩いてなかったかとか、尋ねてみたんですー」

一応、やるべきことはやってくれていたらしい。

「けどー、みんなご主人のこと、あんまりよく知らないんですー。いつもは東京にいて、こっちに戻ってくるのは一ヶ月に数回、それも週末だけだそうでー。いるときはめちゃくちゃ愛想よくて、地域の雑用なんかも引き受けてくれて、いいひとだって言うんですよー」

「徳松くんは知ってたわけだろ」

「あー、二年くらい前に、ご主人が市街地で転んでこめかみのとこ切って出血がひどいのを、通りがかりのひとが見てびっくりして一一〇番して、で、あたしがまっさきにかけつけたんですよ。そのまま病院にかつぎこんだもんだから、当然、顔知ってたんですけどねー。でも、あんまり地元にいないから、親しい人はいないみたいでー」

「ペンションの建て替え費用を出したのはご亭主だったんだろ。金は持っていたわけだ」

「ご近所の話じゃそのお金って、ご主人の事故で死んだ両親の生命保険金だったみたいですよー。たか子さんと結婚するにあたって、そのお金を建て替え費用にしたって。建物新しくした以外は万事質素で、車もお客さんの送迎用と奥さんの軽しかなくて、ダンナは高速バスで東京と行き来してたみたいですー。だから、大金持っててたなんて、こっちじゃ誰も思ってませんよー。ペンション経営は赤字じゃないけど、ぎりぎりみたいだし。ご主人本人も、いずれはこっちに定住するけど、定年まではこのまま東京の出版社で働くって言ってたそうですー」

長野と東京で遠距離別居結婚。変わっている。

「夫婦仲はどうなんだ」

「そりゃもう、めちゃめちゃいいみたいですよー。たか子さんが十歳ほど年上だからかもしれませんけど、ダンナが帰ってくると客そっちのけになることもあったって。従業員にも、毎日必ずメールしてるんだってのろけまくってるそうですから。ダンナが帰ってくる前日には奥さん来るよって、美容院でも聞きましたー。南信州ビールのレストランには夫婦そろって飲みに行って、そのときあのキーホルダー見せて百円引きしてもらってたそうですー。やっぱ、夫婦も毎日一緒にいるより、たまーに会うほうがいっそ新鮮なんじゃないですかねー。あ、それとー、事件があったのは九月二十四日なんですよねー」

　とは断言できないが、

「その日かその直前、だと思うよ」

「だとしたら、藤田たか子は九月に入ってから一度も駒ヶ根を出てませんよー」

「間違いないか」

「住み込みの従業員の証言だから、間違いないと思いますよー。九月はこっち、かき入れ時ですしねー。特に二十四日の前は土日月の三連休だったんで、ペンション満室だったそうなんですー。山歩きのひとは朝早いですしねー。客がいるとき女主人がいなかったりしたら、絶対バレますって」

絶対に駒ヶ根にいたと断言はできないにしても、東京から駒ヶ根まで往復六時間以上はかかるから、不在だったなら誰かが気づいたにちがいない。

「ご主人が最後にこっちに来たのは今月の七日と八日だったそうです。土日ですねー」

徳松は言った。

「奥さんはそう言ってるし、他にも複数の証言がありますよー。ともかくー、そんなわけでこっちじゃなんにもわかんないんですよー。藤田肇さんが殺されかけたんなら、原因は駒ヶ根にはないんじゃないかなー」

わかんないわかんないと言いながら、要点は押さえてある。徳松を使えない女警《じょけい》だと決めつけていたが、間違いだったようだ。

「なるほど。いや、ありがとう。参考になったよ」

「あ、そうですかー。なんならもすこし調べてみますけどー。あのーところで御子柴さんって、あの御子柴さんですよねー?」

「はい？」

「長野県警から警視庁に出向してて、頼むと東京のお菓子とか送ってくれるっていう御子柴さんですよねー？　実はうちのおばあちゃんが来週九十二歳になるんですけど向島《むこうじま》の出身でー、言問《こととい》団子食べたがっててー……」

　そろそろたか子が到着する頃だと思い、食堂をあとにしながら徳松からの報告の内容を真汐に説明した。今のところ、事件の原因となるようなものは駒ヶ根にはない、と知ると真汐は複雑な表情になった。

「そうですか、手掛かりなしですか。なんか、残念ですっ」

「なんで」

「あのあのっ、玉森さんには内緒ですけど、駒ヶ根に出張してみたかったですっ。いいとこみたいだしっ」

　同感だ、とうなずきかけたとき、背の高い女性が向こうからものすごい勢いで歩いてくるのが見えた。真汐はもちろん、身長一七八センチの御子柴より大きく見える。十頭身くらいだろうか、顔が小さく、髪をひっつめにして、白いブラウスにぴったりとしたパンツ姿。何気ない服装なのに、どこか金のニオイがする。そこにいたすべての人間の視線が吸い付けられた。

女性は藤田の病室の手前にあるナースセンターに立ち止まり、受付に座っているナースに向かって食いつくように叫んだ。

「こちらに記憶喪失の男性が入院していると聞いたんですけど」

ナースが救いを求めるようにこちらを見た。御子柴は警察バッジを取り出しながら、女性に近づいた。

「失礼ですが、藤田肇さんのお知り合いのかたですか」

「藤田？　いいえ、わたしが探しているのは夫です。亀田勝《かめだまさる》といいます。先週から連絡が取れなくなって、けさ、捜索願を出したら、担当の方がこちらに入院している記憶喪失の男性が、夫の写真や特徴に似ていると」

御子柴は真汐を見た。真汐はしまった、という顔つきになった。駒ヶ根署の徳松とのやりとりで藤田肇の身元が判明したのを、きちんと各所に連絡していなかったらしい。

「あの、奥さん、まことに申し上げにくいのですが」

言い終わらぬまえに、もうひとり、背の高い女性が小走りにやってくるのが見えた。こちらも顔が小さく、髪をひっつめにしているが眼鏡をかけ化粧気はなく、御子柴より大きく見える。青い顔で受付にとりつくと、小さな声で言った。

「藤田肇の家内でございます。こちらに入院しているとうかがって」

二人目の女性の視線が御子柴の背後に流れた。あ、と小さな声が漏れる。それより早く、一人目の女性が叫んだ。

「あなた」

御子柴は振り向いた。トイレから出てきた藤田肇が、まことにのどかな顔つきで、きょとんとこちらを眺めていた。

3

「ですから、何度言ったらわかるんですか。このひとはわたしの夫です。亀田勝、間違いありません」

亀田雪見《ゆきみ》と名乗った女性は大声でわめきちらしながらスマホを操作し、ほら、と画面をこちらに見せた。藤田肇――だと思った〈みそピザ男〉が雪見と顔を寄せ合っていた。

机の反対側にいた藤田たか子が自分もケータイを取り出して、画面を開いてよこした。こちらでは〈みそピザ男〉がたか子と顔を寄せ合い、にこやかに写真に収まっている。

ふたつの画面を見比べた。どちらの画面でも、写っている右のこめかみに小さな傷があり、少し頭頂部が薄くなった四十がらみの中年男で、どこからどう見ても同一人物に思える。

そして今、御子柴の真ん前に座っている男とも、同じ人間だった。

「あのあのっ、これってどういうことですかっ」

真汐が御子柴の手元をのぞき込んで、部屋にいる人間、誰にともなく問いかけた。

廊下でふたりの背の高い女がはちあわせしたのち、亀田雪見が夫——と称する男の右手を握って離さず、藤田たか子もまた夫——だという男の左手をとり、ふたりの妻——と称する女たちにはさまれた男はあいかわらず茫洋《ぼうよう》としている……なにがなんだかわからない状況になってきたのと、亀田雪見の声があまりにもよく響いて迷惑なので、医師と看護師に頼んで空き部屋を探してもらい、関係者全員でこの会議室に移動してきたのだ。

「どういうこともなにもないわっ。亀田勝はわたしの主人です。なによ、この女、他人《ひと》の夫が記憶喪失になったのをいいことに、横取りしようなんてずうずうしい。早くこんな女、逮捕したらどうなのよ」

亀田雪見が居丈高に叫びたてる。一方の藤田たか子は眼鏡ごしに雪見をちらりとにらみ、鼻を鳴らすと、

「藤田肇はわたしの夫です。一緒に暮らした時間は短くても、駒ヶ根にはわたしたち夫婦をよく知る人間が大勢います。そのひとたちが証言してくれます」

一歩も引かない構えだ。

「なによっ、あつかましい。いつまでひとの亭主の手を握ってるつもり？　その手を離しなさいよっ」

亀田雪見が立ち上がって藤田たか子に怒鳴り散らした。藤田たか子はふんっ、と鼻を鳴らし、〈みそピザ男〉の手を強く握り直す。

ふたりとも背が高いだけに存在感と圧迫感があり、狭い会議室は異様な熱気に包まれた。御子柴は咳払いをした。

「亀田さんにお尋ねしますが、ご結婚なさったのはいつですか」

雪見がきっとこちらをにらみつけてきた。整った細面で念入りに化粧をほどこしてある。さらにカラーコンタクトをしているらしく、必要以上に黒目がでかい。流行のようだが、下手をすると「よくない生命体に寄生されちゃったヒト」みたいに見えるんだよな、と御子柴は思った。

その宇宙人顔をこちらにひたと据えて、雪見が言った。

「結婚したのは二〇一〇年の五月五日よ。彼の誕生日に新宿区役所に婚姻届を出しに行ったの」

藤田たか子との入籍が同じ年の六月七日だから、この亀田勝と藤田肇が同一人物だとすると、一ヶ月ほどのあいだにふたりの女性と結婚したことになる。いまだ独身の御子柴からすれば、信じがたいはなれわざだ。

「では、亀田さんご夫婦は新宿にお住まいなんですか」

「そ。西新宿のマンションにね。嘘だと思うなら、うちのコンシェルジュに問い合わせてみたら？　そこらへんの安いマンションと違って、外国の大使館並の警備を誇ってるんだから。関係ない人間はいっさい出入りできないの」

「なるほど。ということは、さぞや鍵も立派なんでしょうね」

「鍵？　いやだ、うちは指紋認証システムだから、鍵なんていらないの」

安っぽいシリンダー錠用の鍵三本のうち、一本は藤田たか子のペンション、一本は亀田雪見宅のものかと思ったが、どうやら違うらしい。そのマンションに本人を連れていって鍵が開けば、身元が証明されることにもなる。便利かも、と思いつつ御子柴は質問を続けた。

「では、そこにふたりでずっとお住まいで？」

亀田雪見はほんの一瞬、答えをためらった。

「同じマンションに住んでるわよ」

「同じマンション？　なんだか部屋は別みたいに聞こえますね」

「わたしたちは自由なのよ」

雪見は不意に早口になった。

「干渉し合わないというのがルールなの。特に、彼は自室で仕事をしているし。だから同じマンションに部屋をふたつ持って、両方の都合のいいときに行き来し合ってるの」

遠距離別居結婚も不思議だが、同じマンション内での別居結婚もまた奇妙ではある。

「失礼ですけど、あなたのお仕事は」

「代官山《だいかんやま》でセレクトショップをやってるわ。彼はウェブデザイナー。だから、わかるでしょ、お店の商品の買い付けとかで、わたしも忙しいし。彼もひとり暮らしが長かったし、自室でスタッフ雇って仕事をしているから、別々の部屋で暮らしたほうが合理的なのよ」

誰もなにも言っていないのにやたら強調するところをみると、雪見は別居結婚に罪悪感のようなものを持っているらしい。たか子がまたしても鼻を鳴らし、それに気づいた雪見がにらみつける。

御子柴は慌てて次の質問を繰り出した。

「失礼ですけど、西新宿の高級マンションに部屋をふたつもお持ちということは、おふたりとも相当儲《もう》かってらっしゃるんでしょうね」

「それは、まあ」

言いよどむ亀田雪見からようやく聞きだしたところによれば、要するに雪見の実家がかなりの資産家だということであった。四年前、マンションが建ったときに二部屋買い、一部屋を雪見の住まいに、もう一部屋を賃貸にしたところが、部屋を借りたいと現れたのが亀田勝で、

「それが運命の出会いだったの。契約の時に、初めて顔を合わせて、お近づきの印にって食事をして。その日のうちに、おたがいに、この人しかいないって思うようになったの

よ」

で、二ヶ月後に入籍した。結婚式を挙げなかったのは、亀田勝が再婚、雪見が再々婚だったためと、亀田家のほうに親しくしている親族がおらず、面倒な顔合わせをせずにすんだからだという。

「親族がいない？」

「彼は小さい頃に父親を亡くして、母親も大学を卒業する頃に死んでしまって、経済的に苦しかったときに親戚はなにもしてくれなかったんだって言ってたわ」

「再婚とおっしゃいましたが、前の奥さんとは？」

「ＩＴ企業で働いていた頃にリストラにあって、そしたらさっさと出て行ってしまったんだって言ってた。あ、ねえ、言っておくけど、今の彼はそんな甲斐性のない男じゃなかったんだからね。昔の生活からあんまり贅沢はできない性分なんだって言ってたけど、毎月律儀に家賃を払ってくれてたし、たまにふたりで海外旅行に行くときは彼が費用持ってくれたこともあるんだし」

つまり、生活費は折半、というよりこの口ぶりではもっぱら雪見が払っていたというわけだ。

「ちなみに、そういう高級マンションの家賃っておいくらくらい……？」

「それはその、十万、だけど」

「は？」

「だって、相手は亭主なのよ」

雪見は居丈高になった。

「最初は六十万だったんだけど、彼には食べさせなきゃなんないスタッフだっているし。仕事をとるためにいい場所に住むべきだと思ったけど、ここは身分不相応な気がするから引っ越そうかなんて言い出されたら、ダンピングするでしょ、ふつう。だってわたしたち愛し合ってたんだし。ねえ、それってヘン？　ヘンじゃないわよね。あなた、あなたもなんとか言ってよ」

〈亀田藤田〉は仏様のような笑みを浮かべているだけだ。御子柴は彼を見た。

「で、あなたはどうなんです？　ここまでのこちらの女性の話を聞いて、なにか思い出されますか」

「……さあ」

「では、そちらの駒ヶ根の女性のことはどうです？」

「……べつに」

あなた、どうしたの？　まさか、この女になにか弱みでも握られて脅されてるんじゃないでしょうね、と亀田雪見が叫び、藤田たか子が落ち着いた声で、ふんっ、仮にあなたが両方と結婚してたとしても、そっちの女とは金めあてよね、他には考えられないわ、と言い返した。そこで雪見がうなり声をあげてたか子に飛びかかり、たか子がグーで殴り返し、雪見のほうが若いとはいえ、客商売で鍛えたたか子が案外の力持ちで……。

真汐文吾と看護師が、つかみ合う女たちに割って入ろうと苦労しているのを尻目に、御子柴は担当医に向き直った。いくら医師でもこういった事態は初めてらしく、記憶障害治療の専門家というよりは野次馬然として、いきさつを興味深そうに眺めている。

「先生、どうでしょうか。この藤田だか亀田だかが記憶喪失になる前から二重人格で、それと気づかずに二重生活を送っていたというようなことがありえますか」

医者は慌てて表情を取り繕った。

「うーん。絶対にないとは言い切れませんね。強い心的外傷やストレスからヒステリー性遁走《とんそう》を起こし、別人となって違う土地で生活していたという例はあります。ですが今回の場合、短期間に亀田と藤田、西新宿と駒ヶ根、双方の土地や家、身分を行き来していたみたいですからね。本人が意識せずに、とは考えにくいんじゃないでしょうか」

「つまり、彼は故意にふたつの戸籍を使い分け、ふたりの女性をだまし、記憶喪失により全部の記憶を失った、と」

「そういうことになるんじゃないでしょうか」

「なるほど。おっと」

雪見が折りたたみ椅子を持ち上げて、たか子めがけて投げつけた。椅子はたか子をそれて、真汐文吾の顔面を直撃した。

「そっちは面白そうなことになってますね」

電話の向こうで竹花一樹が言った。頭の回転が速い男なのだが、今回ばかりは状況を説明するのに御子柴も苦労した。それでも、いったん事態を飲み込むと、仕事が早い。頼んだ調べ物を小一時間で片づけて、連絡をよこしたのだ。

「亀田雪見は、北杉《きたすぎ》建設って中堅ゼネコンの創業者一族の出ですよ。現在四十三歳、代官山のセレクトショップは繁盛してるし、親の遺産でいい暮らしができてるわけだけど、最初の亭主は酒乱でＤＶ、二人目の亭主は指定暴力団の準構成員で傷害罪で逮捕、で、二度とも離婚してます。友人の話じゃ、もともとダメ男に入れあげる癖があるそうで、雪見のオトコのなかでは亀田勝はトップクラスにマシ、というのが周囲の評判だそうです。雪見も亀田には逃げられたくないとご機嫌とってたらしいし、亀田のほうも、記念日にはレストランを予約したりして、まずはうるわしい夫婦に見えてたみたいですよ」

要するに、ヒモみたいなもんじゃないか、と御子柴は思った。

「それから亀田勝の元女房は、板橋《いたばし》で中学校の教師やってました。お話の通り、亀田は十年前にリストラされて、借金も発覚して離婚したそうですが……御子柴さんの予感、あたりましたよ。亀田勝と言われている男の写真を見せたところ、まったくの別人だそうです。

元女房から古い写真をメールしてもらいました。転送しますね」

やがて送られてきた写真を見て、御子柴は吹き出しそうになった。目が飛び離れた特徴的な顔つきの男が写っている。十年前の写真だということを差し引いても、あきらかに入院中の〈亀田藤田〉とはまったくの別人だった。

「最近じゃネットで他人の戸籍が簡単に買えるんだから、困ったもんだね。病院の〈亀田藤田〉の写真を詐欺や組織犯罪関連部署にまわしておいてくれないかな。身元不明のときに指紋を照合してデータがなかったっていうんだから、前科はないだろうけど」

「もうまわしときました」

竹花はそつなく答えた。

「藤田のほうは、旧姓・東城ですか、もう少し時間ください。すぐに連絡がとれる親族が見あたりませんのでね。住民票に載っている、四年より以前の住所であたってみます」

「頼むよ。こっちはしばらく動けそうもないんだ」

真汐は鼻血が止まらなくなって治療してもらうハメになり、ふたりの妻はいがみ合いを続け、〈亀田藤田〉の話はまったく要領を得ず、目も離せない。

ケータイを閉じて、非常階段の踊り場に設けられた通話可能スペースから病院の廊下へ戻った。とたんにナースが駆け寄ってきた。

「たいへんです、刑事さん」

二十歳そこそこのきまじめそうな看護師は、泣きそうな顔で言った。
「あの患者さんが、いなくなりました」

4

西新宿の高級マンションは、亀田雪見が自慢していたよりもはるかに立派だった。三階分吹き抜けのエントランスに、そこらのホテルより豪勢なフロント。ぱっと見ただけで警備員が何人も目に入る。エレベーターホールにはふかふかのじゅうたんが敷かれていて、なんと、売店まである。

亀田雪見を先頭に、御子柴、真汐ほか五人の私服警官が入っていくと、さりげなく警備員に取り囲まれた。雪見がうるさそうに手を振って、エレベーターへ直行する。令状どうのといわず、雪見を説得して任意での家宅捜索を承諾させたのは正解だった、と御子柴は思った。

K大病院中を探し回ったあげく、〈亀田藤田〉がタクシーに乗ったところを見た目撃者が見つかった。タクシー会社に連絡すると、〈亀田藤田〉は吉祥寺《きちじょうじ》駅で下車したという。財布も金も持っていないはずなのに、とふたりの妻を追及すると、やがて藤田たか子が口を割った。

騒ぎが収まった後、〈亀田藤田〉は頭痛を訴え、彼とふたりの妻は病室に戻った。

亀田雪見が病室の名札に「藤田肇」とあるのが気に入らない、と病院側に食ってかかっているあいだに、〈亀田藤田〉がこっそりたか子の手をとって、ヨーグルトが飲みたい、と言った。ヨーグルトは藤田肇の大好物である。やっぱりこのひとは藤田肇で、わたしのことだけは思い出してくれたんだわ、と鼻息も荒く喜んだたか子は小銭を握って地下の売店にヨーグルトを買いに行った。戻ってみると〈亀田藤田〉はおらず、ロッカーの中のポロシャツとコッパン、それに置いてあったたか子のハンドバッグから財布が消えていた。入院費用にと三十万ほど持ってきていた、という。

これを聞いた亀田雪見がまたぞろヒステリーを起こして暴れそうになり、藤田たか子が受けて立とうとしかけたので、さすがの御子柴も堪忍袋の緒が切れて、

「これ以上病院でファイトするなら、見物人を集めてチケットを売り出すぞ」

ときっぱりと申し渡した。それを聞いてもたか子は鼻を鳴らしただけだったが、雪見が声をあげて泣き出したのには驚いた。金持ちでわがままなお嬢様ではあるが、そのぶん性格が単純とみえる。

いずれにせよ、〈亀田藤田〉は策を弄《ろう》して逃げてしまった。どう考えたって、やつの記憶は戻っていたということになる。そのわりには、ふたりの妻とふたりの警察官と精神医

学の専門医にとりかこまれて、焦りもせず、言い訳もせず、ほわんとした表情を崩さなかったのだから、ある意味、あっぱれといえよう。

「あのあのっ、それであの男をこれからどうしたらいいんですかっ」

鼻の頭に絆創膏《ばんそうこう》を貼られ、ますます子どもじみて見える真汐文吾は困惑げに言った。

傷害事件または殺人未遂事件の被害者が自ら姿を消した。犯人ではないのだから、

「指名手配をかけるってわけにもいかないんですよねっ」

「戸籍法違反容疑はあるけどね」

確認はとれていないが、やつが藤田肇本人である可能性もまた低い。結局、どこの誰だかさっぱりわからないわけで、

「上になんて報告したらいいんでしょうか」

真汐は困り果てている。

「ま、ただもんじゃないってことだけは確かだから、じきになにか面白い反応がかえってくるんじゃないかな」

今日は御子柴の予想が当たる日とみえて、その会話の直後、病院に私服警察官の一団がやってきた。都内で発生した詐欺グループの捜査をしている警視庁捜査二課の一斑で、主任は和泉寛《いずみかけい》と名乗った。

二課の捜査員といえば、金融機関のサラリーマン風のきっちりしたタイプが多いように

思っていたのだが、和泉主任もまた、物腰がやわらかでありながら、目つきに隙がない。

「長野県警さんの捜査二課の皆さんにも、今回の捜査ではたいへんお世話になっております」

挨拶にもそつがないのであった。

和泉主任の捜査対象の詐欺グループは、長野県にある〈信州さわやか安全農園〉の会員になりませんか、といううたい文句で客をつのっていた。入会すると、毎月無農薬のとれたて野菜とミネラルウォーターが送られてくるほか、農園内の宿泊施設に無料で泊まることができ、農業体験ができる。

「まずは無料体験を、という名目で客を集めます。実際に長野県にある農園に泊めるわけですが、ここで講師から無農薬農法についての講義を受けたり、野菜の収穫などをするわけですね。入会金は二百万円、年会費が二十五万円です。無料体験に参加した人間の七割が入会するそうですよ」

「あのあのあのっ、それって高いんじゃ」

真汐が小学生のように手をあげて発言した。和泉は苦笑した。

「自給自足や農作業に憧れる人間は多いですからね。とはいっても、実際に農地を借りたり、あるいは田舎に移住したり、なんてことをするよりはずっと面倒がなく、楽で安い。と、言われてみんな納得してしまうんだそうです」

そういえば御子柴の両親も以前、別荘かリゾートマンションを買おうとしてあれこれ調べたあげく、とりやめたことがあった。ただ建物を入手すればいいというものではない。税金や管理費、光熱費を払わなければならないし、雪、台風、シロアリや雨漏りの心配もせねばならず、通うのに交通費がかかる。ホテルじゃないから行った先で家事もしなきゃならない。飽きたら処分することになるが、それもまた手間がかかる。

そう考えれば、いいかも、と思う人間がいても不思議ではない。

「そこで入会すると、他にもいろんな事業へのお誘いが来るわけですよ。ミネラルウォーターの採水権を買いませんか、大手飲料メーカーが進出を検討中です、とか。農産物の加工工場を造るのに出資しませんか、とか。休耕地を買ってアグリビジネス企業に貸すという事業を立ち上げます、とか。まあ、ありとあらゆる儲け話がやってくるわけです」

「古典的ですね」

「ええ、よくある手口です」

和泉主任はにこやかに言った。

「いまだに引っかかる人間がいるから、古典とよばれるようになったわけですがね。ついには、〈信州さわやか安全農園〉をさらに発展させたような農業リゾートランド建設計画をぶちあげましてね。これには元農水大臣と元観光庁長官の名前も使われまして、応募が殺到しました。我々が調べたかぎりでは、集金額は」

和泉主任は指を三本立てて見せた。

「あのっ、三億ですかっ」

真汐が目をむいた。

「三十億です。それ以前の集金をまとめると、被害総額はもっといくでしょうね」

「被害、ということは」

「先週の土曜日に、関係各所に〈信州さわやか安全農園〉は事業を停止する運びとなりました、というビジネスレターが送られました。以後、代表者の鹿川治三郎《かがわじさぶろう》は行方不明、電話はすべて解約され、連絡がつかない状態です」

金を集められるだけ集めてすばやく逃げた、というわけだ。

「われわれは解散前からこの農園に目をつけ、内偵を進めていました」

和泉主任は淡々と言った。

「というのも、会員のひとりが、以前、別の詐欺事件の被害にあったことがありましてね。その詐欺事件の際に見たのと同じ男が、この農業詐欺の説明会にいた、というのですよ」

和泉は写真を取り出して見せた。素人がいいかげんに写した出来の悪い写真だった。右下に13・06・15と日付表示がみえる。

〈信州さわやか安全農園会員様限定農業リゾートランド計画ご説明会〉という長々しい板書が天井から下がり、いかにも金持然とした男が中央で熱弁をふるっている。これが代表者の鹿川治三郎だそうだ。壇上には他に三人の男が座っていた。机の前に肩書きと名前が書かれた紙が下がっている。手前から、「農業指導責任者・我孫子《あびこ》雄二《ゆうじ》氏」「金融アドバイザー・長谷川《はせがわ》富雄《とみお》氏」「コンテンツクリエイター・野田《のだ》要《かなめ》氏」とある。

「あのあのっ、この野田要って」

真汐が指さして顔を真っ赤にした。御子柴も驚いた。とりたてて特徴のない平凡な中年男。ピントがあっていないのと眼鏡をかけているのでこめかみの傷までは確認できないが、

「間違いないですね。こいつは〈亀田藤田〉ですよ」

「私もそう思います」

和泉は言った。

「何者なんですか」

「実は、本名はわかっておりません。これまでにも複数の詐欺事件で、主としてパンフレットやウェブ、会員証といった小道具ですね、これのデザイン、勧誘マニュアルの作成など、詐欺のキモといえるような部署の責任者を務めているのはわかっているのですが、用心深い男で、仲間にも身元を明かさず、昔話や世間話にも応じない。今回の農園詐欺でもすでに何人かの身柄を押さえているのですが、この野田という男については誰もよく覚えていないようなんです」

「しらばくれてるだけ、ではなくて」

「こちらもプロですから」

和泉主任は怒りもせずに答えた。

「野田とはメールで連絡を取り合っていただけだ、こういう会場で顔を合わせてもほとんど口を利かなかった、と全員が口をそろえています。中には、いわゆるSGだと思っていたという人間もいるくらいです。よほど抜け目がなくて頭のいい、参謀タイプの人間なんでしょうね」

「あのあのっ、SGってなんですか」

「例えばここでは、農業指導責任者の肩書きのある、我孫子雄二さんですね。彼は長年、下諏訪近くで農業に従事してきたというだけで、詐欺とはなんの関係もない方です。立派な人格者をこの手の事業に巻き込んで、なんといいますか、詐欺の舞台である架空の事業にリアリティと重みを持たせたうえ、いざというとき矢面に立たせる」

「じゃ、SGってスケープゴートのことですか。ひどいですねっ」

「この件はまだマスコミも騒いでいませんが、すでに被害者が声をあげつつありますからね。我孫子さんはこの農業リゾート計画を心から推奨していたらしく、親族にも薦め、自身の貯金も相当つぎ込んでいたようです。下手をしたら、被害者が我孫子さんのところへも押しかけ、詐欺の一味だと弾劾《だんがい》するかもしれない。そうなったら、彼はこれまでの人間関係も地域での信頼も失ってしまいます。一刻も早く、首謀者である可能性が高いこの男

――ええと」
〈亀田藤田野田〉の行方をつきとめ、事件の全貌を明らかにしなくてはならない。
亀田雪見の部屋はマンションの十二階、亀田勝の部屋は十五階の一五〇八号室、という
ことであった。
あなたの夫はとんでもない詐欺師でしたよ、と言っても信じないだろうと思った御子柴
は「ご主人の命が危ない。助けられるのはあなただけ」という線で雪見を説得し、部屋を
見せてもらうよう交渉するつもりだった。それでも、説得には時間がかかるだろうと踏ん
だのに、部屋を……と切り出すと、雪見はあっけなく、
「いいですよ。それじゃ行きましょうか」
自分からさっさと立ち上がった。まだ夫を信じているのか、それとも警察に逆らうのは
マズイと判断したのか。いずれにしても、いきなり協力的になられて、御子柴のほうがあ
たふたしてしまった。
雪見の車に便乗し、西新宿のマンションに向かった。雪見は居合わせた警察官の誰より
も長身だったから、先に立って歩かれると女王様とお付きの者たち、という風情になった
が、自室を進んで見せてもらえるというのだから、文句を言う筋合いではない。
一五〇八号室の鍵は、なるほど指紋認証と暗証番号入力で解錠するようになっていた。

雪見が開けて、ドアを開き……あっ、と声をあげた。

玄関の三和土《たたき》はピンクの大理石だったが、そこにサンダルが脱ぎ捨てられていた。西つつじヶ丘で保護されたとき、素足だった〈亀田藤田野田〉は病院のサンダルしか履くものがなかったわけで、脱ぎ捨てられているのはまさにそのサンダルだった。

警察官たちは雪見をおしのけて室内になだれ込んだ。玄関奥の通路を進むと、そこが広いリビングになっていて――。

男がひとり、リビングの中央に立ちすくんでいた。右手に趣味の悪いブロンズ像を握りしめている。

男の足下には〈亀田藤田野田〉が倒れていた。

5

「まーったくよお、長野よお」

白手袋をはめた玉森剛が重そうな頭をゆらゆらさせながら、言った。

「面白くなったら声をかけろとは言ったけど、これ、オレ的には面白くないぞ。警察官がなだれこんだら死体があって、殴り殺した当の本人が凶器握って突っ立ってるって、おまえ、安いサスペンスドラマじゃないんだからさ。しかも犯人が……なんつったたっけ?」

「鹿川治三郎。農業詐欺事件を引き起こした団体の代表者です」

声をかけられて凶器を床に落とした鹿川治三郎は、特に抵抗するわけでもなくそのまま二課の捜査員に取り囲まれて連れ去られた。詳しいことは後ほど和泉主任に教えてもらえることと思うが、この男が犯人であることに間違いはない。

そして、〈亀田藤田野田〉は今度こそ、脳天を陥没させて完全に死んでいた。念のため救急車を呼んだのだが、救急隊は死亡を確認して帰ってしまい、今は検死作業中。病院を逃げ出したりしなければ死なずにすんだのに、と思うと、むざむざと逃げられてしまった御子柴も忸怩《じくじ》たるものを感じる。

マンションの警備員によれば、鹿川治三郎は以前にも何度かこのマンションの一五〇八号室を訪ねてきていたのだという。そのため顔見知りだったから、事件の数時間前に鹿川が来て亀田勝の帰宅を待つと言われた時もそのまま来訪者用のロビーに留め置いた。そして実際〈亀田藤田野田〉が現れて、鹿川が駆け寄っていき、二人が語らいながらエレベーターに乗りこんだときにも、なんとも思わずふたりを見送ったのだそうだ。

「誰でもいいけど、要するにこの殺しはあれだろ、詐欺の仲間割れなんだろ。だったら殺しの捜査ったって、二課の後始末みたいなもんじゃないか。つまらねーな。って、長野はさっきからなにやってんだ」

見りゃわかるだろ、と口先まで出た文句をなんとか飲み込んだ。

問題の一五〇八号室には、資料らしきものはほとんど残されていなかった。マンションのスタッフに尋ねてみると、先週の土曜日、正確には九月十九日に、大量の段ボール箱に詰められた書類のようなものを、〈亀田藤田野田〉が地下のゴミ捨て場に出していったという。マンションのスタッフや警備員によれば、〈亀田藤田野田〉は殺される直前まで、マンションに戻っては来なかったという。

それから一週間がたっていたのだが、この地区の紙ゴミの回収日は月曜日で、これが秋分の日でお休みだったことから廃棄された資料はそっくりそのまま地下に残されていた。御子柴と真汐は二課さしまわしのバンに、この段ボール箱を積み込んでいるところだった。

「あのっ、それにしてもあの男が殺されて、詐欺事件は全容解明できるんですかねっ」

真汐が汗を拭きながら言った。御子柴は首を振った。

「まあ、生きていたとしてもあれだけのやつだし、簡単に口を割ったとは思えないけど、死んだとなるとさらに難しいかもしれないなあ」

「そもそも、どこの誰だかわかってないんだろ。めんどくせーな」

玉森が舌打ちをした。和泉の口調から察するに、野田要というのもおそらく本名ではなかろう。仕事の早い竹花一樹からの報告によれば、戸籍謄本《とうほん》や住民票から藤田肇の旧住所を割り出し、近隣の住民に当たってみたところ、案の定、藤田肇もまた、別人だった。

いくつもの戸籍を用い、他人になりすまして他人の名前で呼ばれ、なお平然と生きていた男。

　御子柴は軽く身震いした。それこそいろんな人間に寄生し渡り歩く、よくない生命体そのもののようなやつだったわけだ。それが年上で、背の高いタイプの女の元に巣を作っていた……なんだか本当に、ホラー映画のようだ。

「それで？　ふたりのかみさんはどうしてる」

「亀田雪見のほうはここの所轄の西新宿署、藤田たか子は調布西署で事情をきいてます。彼女たちに聞いても、被害者の正体がわかるとも思えませんけどね」

「そうかなあ。うちのかみさんみてると、女ってのはおそろしい生き物だと思うぜ。いろいろお見通しだからな。細かいところによく気づくし——かみさんのほうがよっぽど刑事にむいてるんじゃないかと思うことがある。ま、男ってのはバカな生き物だから、本当はよっぽど怖いはずの女をなめてかかって、ついひょろっといろんな情報をもらしちまう。たぶん、その野郎もなにかボロを出してるさ」

　しかし、この玉森の推測は残念ながら的はずれだった。この日から数日、亀田雪見と藤田たか子は〈亀田藤田野田〉についてさんざん任意での取り調べを受けたのだが、どちらからもめぼしい話はまるで出てこなかった。

「女ってのはいまどきでも、亭主より背が高くて年上だなんてことを、あれほど気にするもんかね」

三日後、エレベーターホールで出くわした玉森は、休暇で養ったはずの英気もどこへやら、げっそりとした表情だった。

「被害者の身元につながる手掛かり、そんなになにも出てこないんですか。ほら、フランス語が少しできたとか、昔、関西に住んでいた、なんて話をしてたとか」

「その程度のネタならいくつかあがってるが、両方の女に共通するものはない。女房がまた、亭主に嫌われたくなくて、突っ込んだ話はなにもしてないんだな。さすが詐欺師だけあって、女の心理を操るのがうまかった」

「どういうことです？」

「これは亀田雪見の話だが、中学の時のことを話題にしたら、亭主が悲しそうな顔でぼそっと、いじめにあっていた、というんだそうだ。そしたらそれ以上、その話題を続けられないわな。で、人間が怖い、誰も信じられなかったけど、きみだけは信じられそうな気がする。ぼくを自由にしてくれるから、てなこと言うわけだ」

モヤシがくねくねしながら言うのを、登庁してきた捜査員たちが思いきり迂回《うかい》していった。

「そう言われたら、女はムリにでも姉御ぶるっていうか、干渉しないようにするわなあ。だから、ごく最初の頃はともかく、この二年くらい、雪見は亭主の部屋に行ってない。いつも亭主のほうが雪見の部屋に来てたんだ」

「そうだったんですか」

藤田たか子のほうは、雪見よりはるかに亭主の死にショックを受けており、雑談にもあまり応じていないという。それでも、三本の鍵のうち、一本はペンションの表玄関、一本は裏の自宅用の玄関のものだと認め、例の〈信州味噌ピッツァ〉キーホルダーは自分が買ってあげたこと、彼はビールが好きだが絶対に二杯までと決めていたこと、服装には無頓着で地味なものを好んだこと、などをぼそぼそと話しているそうだ。

「つったって、こんな話なんの役に立つんだよ、なあ。おまけにさあ」

殺人犯でもあり詐欺犯でもある鹿川治三郎の取り調べも、二課と一課の捜査員によって並行して進められていた。鹿川は詐欺のこと、殺人のこと、素直にしゃべり倒していたが、まず、マンションでの殺人以前にあの男を殴ったことは完全に否認。さらに〈亀田藤田野田〉の素性について、

「二年前に、以前、一緒に振り込め詐欺をやった知り合いに紹介されたっていうんだがな。その知り合いはやつのことを『会田《あいだ》』と呼んでいたそうだ」

知り合いは半年前に肝臓がんで死んでいるから、その線からもたぐれない。目下、当時の振り込め詐欺仲間をしらみつぶしにあたっているが、

「なんか、そいつなら権田《ごんだ》ですとか、うちじゃ内田と呼ばれてましたとか、そんなふうになるんじゃないかって気がしてならねーや」

被害者の姓名不詳はカンベンしてくれって、上が検察から釘さされたらしい。困ったもんだ、と玉森は廊下を去っていく。

身元不明も困るが、結局、真汐の担当する傷害もしくは殺人未遂事件のほうは、鹿川治三郎に否認されて、振り出しに戻ったというわけだ。殺してやりたいと思う人間には事欠かない男だし、もともとややこしいのがさらにややこしくなった、と御子柴も首を捻《ひね》ったところで、ケータイが鳴った。

「あー、駒ヶ根署の徳松ですー。お団子届きましたー。どーもー」

あいかわらず元気が良く、どことなくずれている。

「あのー、例の藤田さんの件、なんか大変なことになっちゃったみたいでー。ペンションにマスコミとか来て騒ぎになりましたー」

「藤田たか子さんは、昨日帰宅したんだな」

「はいー。うちの広報がマスコミとハナシしてー、簡単な記者会見開いてー、だから取材は一応、収まったんですけどー、ちょっと気になる情報があったんでご連絡をしましたー」

「はい、なんでしょうかー」

つられてしまって、御子柴は慌てたが徳松は気にする様子もなく、

「実はですねー、九月二十三日の秋分の日に、駒ヶ根の高速バス乗り場で藤田肇さんを目

撃した人がいるんですよー。それで監視カメラ映像を確認してみたんですけどー、間違いなく藤田肇さんですね。駒ヶ根市を十九時に出て、新宿に二十二時四十五分に到着する便に乗ってますー」

なんだそりゃ。

「つまり、殴られた前日には駒ヶ根にいた？」

「そういうことになりますねー」

気になるんでもちょっと調べてみますけどー、と電話は切れた。御子柴は考え込んだ。

〈亀田藤田野田会田〉がパトロール警官に保護される二十四時間ちょっと前に駒ヶ根にいた……だから、どうなるんだ？

ややこしい事件で御子柴の頭もぐちゃぐちゃだ。とにかく、役に立つかどうかはわからないが、この件を真汐文吾に知らせなくては、とふたたびケータイを取り上げたとき、着信があった。懐かしい上司の名前が表示されていた。

「小林警部補、お久しぶりです」

「お元気ですか、御子柴くん」

あいかわらずほのぼのとした話しぶりだった。

「なんかまた大事件に巻き込まれているみたいですね。いえね、例の農業リゾート詐欺、うちの管内にも被害者がいましてね。被害届が出されてるんですよ。だけど、中心人物らしき男が殺されて、身元がわからないなんて、奇々怪々ですね」

「それがその」

断片的に集まってくる情報がさらに奇々怪々で、と御子柴は知るかぎりの顚末《てんまつ》を小林警部補に話して聞かせた。

「今回は珍しく、あんまり甘味が絡んでないんですね」

すべてを聞き終わると、小林警部補はそんな冗談を言った。

「それどころじゃないって感じですよ」

「だったら今度、御子柴くんの地元、調布仙川名物の甘味でも送ってくれませんか。〈藤屋〉の南瓜《かぼちゃ》最中とか〈ドーナツ工房レポロ〉のシナモンドーナツとか〈セティボン？〉のバームクーヘンとか、おいしい甘味がたくさんあるそうじゃないですか」

「こ、小林さん⁉」

「冗談です」

笑えませんって。と思ったのが伝わったのか、小林警部補は咳払いをした。

「それはともかく、今の御子柴くんの話を聞いて、なーんかヘンなこと思いついちゃった。聞きます？」

小林警部補の思いつきはあなどれない。御子柴はケータイを握り直した。

「はい」

「気になったのはですね、駒ヶ根の藤田たか子はどうして亭主の捜索願を出さなかったんでしょうかね。そもそも、保護される前日に駒ヶ根市の高速バス乗り場にいたってことは、他に用事もないでしょうから、たか子は亭主と会っていたはずですよね。そのことを、駒ヶ根署の徳松でしたっけ、その彼女には伝えていない」

それどころか、事情聴取でも最後に会ったのは、彼が駒ヶ根に来た七、八日だといっている。

「保護されて入院五日間、少なくとも約六日間、亭主の行方がわからなかったのに、なんとも思わなかったんでしょうか」

「いえ、ですが、藤田夫婦は遠距離別居結婚で、月に数日しか会っていませんし」

「でも、メールは毎日してたんですよね」

御子柴ははっとなった。徳松がそんな聞き込み情報を伝えてきていたのだった。

「毎日メールをくれていた亭主から、突然メールが来なくなったら、普通は心配しますよね。なのに周囲にも不審がられることなく、藤田たか子は自然に暮らしていた。どうしてだと思います？」

「まさか、小林さん。最初の襲撃は藤田たか子がやったと？　あ、でもそれはないですよ。彼女はずっと駒ヶ根にいたんだから」

「ですから、最初の襲撃事件は駒ヶ根で起こったんですよ。旅館の客商売で鍛えた藤田たか子が、亭主を殴ったんです。おそらく原因は、女でしょう。玉森さんの言われたとおり、女ってのは細かいところに気がつくものです。想像ですが、農業詐欺を撤収することにした〈亀田藤田野田会田〉は、とりあえずほとぼりを冷ますために藤田たか子のもとへ向かったんじゃないでしょうか。それが二十三日だった。そこで別の女の存在が判明するなにごとかあって、彼はたか子に殴られた」

「ええと、ですが」

「殴られたからって、必ずそこで昏倒《こんとう》するとはかぎりません。刺されたことに気づかず二日くらいそのままますごしたとか、頭を打ってもしばらく平気だったのに、数日たっていきなり倒れたなんて例はいくらでもありますからね。それほどひどい怪我だとは、双方とも思っていなかったのではないでしょうか。藤田たか子はそのまま家に帰り、〈亀田藤田野田会田〉はバスで東京に戻った。やつが病院から逃げ出すとき、藤田たか子をだまくらかして現金を奪ったってことになってますよね」

「彼女はそう供述しました」

「それもヘンでしょう。病室は四人部屋だったんですよね。他に患者もいるのに大金の入った財布入りのバッグを置いて、小銭だけ持って買い物に行くなんて。女性っていうのはめったにそういうこと、しませんよ。バッグは置いていくことになっても、買い物が目的なら財布は持ち歩きます」

「ということは」

「傷害だか殺人未遂だかで刑事も来ている。言うことを聞かなければ警察に話す。藤田たか子はそんなふうに元亭主に脅されて金を渡し、アリバイ作りのために自ら売店に行ったんじゃないですか」

　つじつまはあっている。御子柴は必死に考えをめぐらせて、疑問を思いついた。

「ちょっと待ってください。もし二十三日に最初の襲撃事件が駒ヶ根で発生したなら、警官に保護されるまで二十四時間の空白があります。やつは亀田雪見のマンションには戻っていません。重傷を負ったくせにけろっとしてふつうに行動していたとして、実際に具合が悪くなるまでどこにいたんでしょうか」

「ですからね、今の話は私の思いつきだから。警視庁の皆さんに勢い込んで披露したりしちゃダメですよ。御子柴くんが恥をかいちゃうかもしれないから。でも、思いつきついでに言いますとね。彼が発見されたのは新宿じゃなくて、調布だったんですよね。二十三日に彼が高速バスをどこで降りたか、調べてみたらどうでしょう」

　御子柴の両親は、中央道の三鷹停留所から駒ヶ根に向かった。そうだ、中央道八王子や日野、調布の深大寺《じんだいじ》など、高速バスにも停留所はいくつもあった。新宿で下車したとは断言できないのだ。

「ま、三つも四つも名前を持っていた男ですからね。鍵も一本あまっていることだし」

小林警部補はのどかに言った。
「女房もふたりだけとは、かぎりませんよね」

## 6

それから数日後、警視庁調布東警察署の真汐文吾が、篠田克江《しのだかつえ》という女性を見つけ出してきた。背が高く、ほっそりとした五十二歳の女性で、住まいは三鷹市中原。中央道三鷹停留所から三百メートルほどの場所にある、古びたアパートに住んでいて、別居している亭主の名前は篠田俊《しゅん》だと証言した。アパートに残された指紋や、克江の証言から〈亀田藤田野田会田〉と同一人物であったことは、言うまでもない。

克江によれば、篠田は気まぐれで、時々ふらっと現れる野良猫みたいな夫だと言う。それでもたまに来れば大金を置いていくこともあり、暴力をふるうこともない〝いい亭主〟だとか。

二十三日の夜更けに篠田は突然やってきて、頭が痛いと言って寝てしまった。翌日、克江は朝から仕事に出かけ、夜中に戻ってきたときには篠田の姿は見あたらなかったという。財布やケータイは置きっぱなしだったが、絶対にさわらないでくれと日頃言われていたし、年下の亭主は気まぐれで、機嫌を損ねるのもイヤだから、放っておいた。いずれはいつもの通り、またふらっと帰って来るにちがいないと思っていたそうだ。

K大病院の担当医に言わせると、翌日の夜になって意識障害や見当識障害を起こし、わけがわからなくなってアパートを出て、彷徨っているところを保護されたのだろう、ということだ。この医師は結局、記憶が戻っていることを見抜けなかったわけで、あまり信用できないのではあるが、他に説明のしようもないので、真汐はその線で報告書をあげたそうだ。

二課の和泉が担当している農業リゾート詐欺の捜査は、いよいよ佳境に入ってきた。といっても、御子柴の元に詳しい情報は入っていない。新聞やワイドショーをみるかぎり、そういうことのようだ。金の一部が名前を使われた元農水大臣などの政界に渡ったらしいとか、誰それの秘書が呼ばれたとか、久しぶりに大きな疑獄事件に発展しそうで、和泉もさぞや忙しいのだろう。残念ながら〈亀田藤田野田会田篠田〉が死んでしまっているから、すべての責任を彼に押しつけるむきがなくもない。

おまけに玉森と彼の班の健闘むなしく、あの男が本当はどこの誰だったのか、いまだにわかっていない。あれだけの名前を使い分け、あちこちに巣を作っていたのだから、天性の詐欺師だったのだろう。例の担当医は元々の自分自身にコンプレックスがあったのでは、とまたしてもきいた風な精神分析を述べたらしいが、真相は不明だ。

そうそう、結局、駒ヶ根署の徳松が藤田たか子を問いつめ、たか子は鼻を鳴らしながら最初の襲撃を認めた。病院脱走の一幕も、小林警部補の想像どおりだった。

おかげで藤田たか子の身柄を受け取りに、御子柴と真汐文吾は駒ヶ根に赴くこととなり、なぜか余った時間ができて、駒ヶ根ファームスで昼食をとることになった。

もちろん〈信州味噌ピッツァ〉を頼んだ。薄い生地はあくまでぱりぱりしていて、味噌の甘みがチーズのコクとあいまって、想像を超える風味を醸《かも》し出している。

なるほど。これはうまいわ。

# 謀略のあめせんべい事件

1

押収してきた資料がぎっしり詰まった段ボール箱をふたつ抱え、上野《うえの》警察署のエレベーターから下りた。行列にしたがって、捜査本部の置かれている講堂をめざしていると、晩秋の十一月だというのに額から汗が垂れてくる。

昔、傷めた右膝がまた、こういうときにかぎってうずき出すんだよな、と御子柴将は顔をしかめた。

百戦錬磨の警察官には、怪我《けが》の後遺症を抱えている者は少なくない。警視庁の捜査共助課に出向して十ヶ月たつが、最近になって共助課の課長の胸に、かつて強盗犯を取り押さえようとして刺されたときの巨大な傷があることを知った。

同僚の竹花一樹は交番勤務の頃、金属バットで左手の小指を折られたそうだし、あの捜査一課の玉森剛主任ですら、本人いわく、

「相撲《すもう》取りのような大男に張り手をくらってよぉ」

鼓膜が破れ、以来、疲労がたまると耳鳴りがして、よく聞こえなくなるそうだ。もっと

も、この現象は上司から叱られているときとか、絶対に受け容れたくない反対意見を聞かされているときにのみ、発生するのだが。

満身創痍《そうい》でそれでも顔には出さず、ぐっとこらえて職務に邁進《まいしん》するのがサムライの、いや警察官の美学。とはいえ、痛いものは痛い。歯を食いしばって講堂に到着したとき、疲労と痛みが倍増しそうな声が降ってきた。

「いやあ、長野、な〜が〜の〜。お疲れお疲れ」

膝からくずおれ、段ボール箱を放り出しそうになった。いわずとしれた、玉森主任である。

「長野は県警との調整役なんだから、そんな汚れ仕事を引き受けなくたってよさそうなもんなのに、よくやるよ。そんなことしてたら重宝されて、いつまでたっても長野には帰してもらえないぞ、え、長野」

もごもご言うのでよく見ると、おやきをくわえている。長野県警からやってきたお偉方の差し入れ、信州名物・縄文《じょうもん》おやきを、さっそく食べ始めたらしい。松本警察署の先輩が送ってくれた開運堂の〈開運老松《おいまつ》〉という極上等の棹《さお》菓子を、まるでかりんとうのごとくぽいっと食べてしまった伝説の甘党である。おやきの五十個や六十個、ぺろりと平らげるに違いない。

御子柴は浮き足だった。

「何個目ですか、そのおやき！」

「まず、定番の野沢菜のを二、三食ったな。あずきのを十個ばかりだろ。それからかぼちゃ、きんぴらとひじき、切り干し大根、りんごが意外にうまかったぞ。さすが、りんご王国だな。そういや、前に長野が小布施から買ってきてくれた〈葉取らずりんごのドイッパイ〉ってのもいけた。あれ、また頼むわ」

玉森のために買ってきたわけではない、奪われたのだ。と、いまさら言うのも気が引けて、御子柴は力無く椅子に腰を下ろした。

「要するに、一個も残ってないってことですね」

「うむ。オレがおいしくいただいた。ついでに、おまえんとこの親玉が持ってきた、〈あめせんべい〉ってのもいただいたぞ。松本名物だって？　知らなかったよ。おまえも水くさいな、あんなうまい名物があるなら、早く教えろってんだ」

「あめせんべいも食べちゃったんですか！」

今度こそ、御子柴は飛び上がりそうになった。年に一度、〈あめ市〉が行われる松本市には美味しいアメがたくさんある。なかでも飯田屋の〈あめせんべい〉は、板状のぱりぱりしたアメで上品な甘さが口に広がる、御子柴にとっては日本最高のアメ菓子である。それがまわってこないだなんて。

不覚にも泣きそうになった。玉森が言った。

「なんだ、そんなに好きなら、ここの署長用にとっといたやつ、いただいてこようか」

「やめてください」

御子柴は力無く言った。

「またまた。いいコになるなっての、長野は」

昭和の柿泥棒じゃあるまいし、いくら好物でも上役のおやつをくすねられるか。

「ていうか、いいかげん長野って呼ぶの、やめてくださいよ。せめて、この本部が立っているあいだだけでも。お願いしますよ」

「なんでだ、長野は長野だろ。文句があるなら県名を変えろよ」

頭が大きく体はひょろりとした、歩くモヤシ体型に、とどろき渡る低音の美声。広い講堂にあってすら、玉森は目をひく存在である。その男が御子柴を「長野」よばわりしていることは、この警視庁・長野県警合同捜査本部にあって、長野県警サイドに知られ、御子柴は県警の相馬伝蔵《そうまでんぞう》管理官に注意を受けた。

「いくら長野県警からの出向組だと言っても、『ながの』なんて呼び捨てにされて、返事をするとはけしからん」

相馬管理官は鼻の脇をぴくつかせながら、大勢の前でそうのたまった。

「『ながの』ではなく、せめて『信州』と呼んで欲しい、くらいのことは言い返せないのか」

この叱責を聞いていた警視庁サイドはぽかんとし、長野県警組は笑いをかみ殺した。もとは東京の出身である御子柴も、頭を下げながら脇腹が震えるのをこらえた。長野県の人間は、長野県人といわれるより、信州人と呼ばれることを好む。先祖代々信州人であることを誇りにしている相馬伝蔵はもちろんのこと。

言うまでもなく、相馬管理官は本気で叱ったわけではない。慣れない土地での捜査に疲弊する部下たちの、ガス抜きをはかったのだろう。

彼は安曇野《あづみの》の出身で、松本警察署の刑事課長を勤めていた時期があり、つまり御子柴の元上司である。部下だった当時はよく怒鳴られたし、柔道場に引きずり出されて死ぬかと思うほど稽古をつけられたこともあったが、同時に、毎月のように猫五匹と暮らす家に呼んで、奥さんの手料理をごちそうしてくれた。酔っぱらうと、シメはいつも、驚くほどオンチな『信濃《しなの》の国』である。

そんなわけで、相馬管理官にかぎっては、なんのリクエストもされなくても、お中元など贈っていた。銀座あけぼのの〈銀座のネコ〉やコージーコーナーの〈小ねこサブレ〉を詰め合わせた御子柴オリジナルの猫お菓子セットはたいそう喜ばれ、相馬の奥さんから熱烈なお礼状が届いた。

伝え聞くところによれば、警視庁への出向者の人選が難航したとき、御子柴を強力にプッシュしたのが相馬だそうだ。長野にいたかった御子柴にしてみれば迷惑な話だが、評価してくれているのは間違いない。

実際、今回の捜査本部にも、わざわざ共助課の課長に電話をかけて呼んでくれたのだった。

今回の合同捜査本部は、長野に拠点を置く新興宗教団体〈大地と命の香り〉が起こした、拉致《らち》監禁・暴行致死事件に対するものである。

大手パンメーカーの新作商品みたいな名前のこの宗教団体は、戦後まもなく諏訪の農家の若い嫁だった岩波雷鳥《いわなみらいちょう》が、姑に家をいびり出された夜に、たんぼのまんなかで巨大な観世音菩薩《かんぜおんぼさつ》の姿を見て興《おこ》したとされる。

この開祖・雷鳥が存命中は、信者数三十人足らずの、宗教団体というよりは農家の女性の親睦団体——というか、ぶっちゃけた話、姑の悪口を心おきなくしゃべれる会、みたようなものだったのだが、雷鳥の死後、これが東京拠点の暴力団・間島《まじま》組に乗っ取られた。以降、たいへん柄の悪い二代目教祖が陣取り、妙な健康食品をインチキ健康本とセットで売り出すというおさだまりの方法で信者を増やす一方、信者の若い女性に片っ端から手をつけたあげく、信仰心をたかめるためと称して、上野にある間島組系列の風俗店で働かせた。

たまりかねた女性信者が逃げ出したのを、東京で拉致。長野の教団本部で監禁し、修行と称して暴行。死なせたあげく、死体を諏訪からほど近い守屋山《もりやさん》の山中に遺棄したのだ。

暴力沙汰に慣れたベテラン捜査員たちが蒼白になったほど、遺体にはむごたらしい拷問の痕跡が数多く残されていた。

すでに死体遺棄に関与した教団幹部——間島組の構成員でもある——の自供を得て、教祖や間島組の組長ほか数名が逮捕されている。さらに余罪があるとみて、本日、警視庁と長野県警は長野の教団本部と東京支部、間島組事務所など関係各所をいっせいに家宅捜索した。

相手が相手だから、暴れ出すバカもいるのではと身構えていた警察側だったが、幸いにして抵抗らしい抵抗もなく、無事に捜索押収の作業は済んだ。資料の解析はこれからになるが、教団裏のリンゴ畑から覚醒剤や銃器等も発見され、とりあえず、捜査は一山越えたようだ。

この三週間、警視庁と長野県警のあいだで、調整役としての悲哀を存分に味わってきた御子柴としては、やれやれというところ。これで、おやきのひとつも食べられたら、申し分なかったのだが……。

そう思っているのは御子柴だけではないらしく、捜査本部に詰めている誰もが、心なしかほっとしたような表情を浮かべている。壇上の相馬管理官を見ると、警視庁の管理官となにやらにこやかに言葉を交わしていて、今朝までの張りつめた緊張感が嘘のようだ。

「しっかし、最近のマル暴はなんなんだろうな。宗教団体を隠《かく》れ蓑《みの》に、人身売買の真似ゴトなんかしやがって」

おやきを食べ終わって満足そうな玉森が言った。

「そのくせ、捜索されてもおとなしく見てるだけなんだからな。キレて抵抗しようもんなら、大腿骨《だいたいこつ》の一本くらいへし折ってくれようと思ってたのによ」

「おや、玉森、いつから武闘派に鞍替えしたんだよ」

からかうような声をかけてきたのは警視庁組織犯罪対策室の室長で、玉森の同期の原古《はらこ》源太《げんた》という男だった。一見スマートで小柄、おまけにかなりの伊達者《だてもの》で、今日はグレーのストライプのスーツにピンクに近いベージュのボタンダウンシャツ、タイピンとカフスボタンはオニキスとシルバーで対。先の尖ったエナメルの靴を履いている。

どれをとっても、御子柴のワードローブには存在しないアイテムばかり。暴力団からワイロでも受け取ってるんじゃないかと疑われそうなぱりっとしたスタイルだが、大金持ちの女房がいるらしく、この服装も女房の趣味だそうな。

しかも、こじゃれて見えるくせにこの原古、キレるとそれはそれは恐ろしいことになるようで、連れてこられた間島組の暴力団員が涙目になり、

「なんでも話しますから、原古のダンナとふたりきりにはしないでください」

取調官を拝むようにしていたと、すでに本部で話題になっていた。

「武闘派になんか、なってねえよ」

玉森は原古にむかって吐き捨てた。

「冗談も通じないんだからイヤになるな。オレは知性派だよ」

「おまえが？」

原古は鼻で嗤《わら》って、

「だったら少しはその口、閉じとけよ。最近のマル暴は、ちょっとしたことで被害者ヅラして訴えでるんだ。おまけに、それにのっかる弁護士もいるときてる」

「訴えられたのか、おまえ」

「まさか。そんなドジ踏むか。同期のよしみで忠告してやったんだ」

カフスの位置を直すと同時にケータイを取り出し、にやっと笑ってなにやら話しながら立ち去った。

ああいう人物、長野県警にはいないなあ、といささか毒気を抜かれて見送っていると、玉森がつぶやいた。

「野郎、なんかやってやがんな」

「はあ」

御子柴が曖昧《あいまい》に答えると、玉森は舌打ちをして、

「今回の捜査で間島組はほぼ壊滅だ、だろ？　間島組のさらに上の、大八州《おおやしま》連合会に打撃を与えられるかもしれないし、てことは、原古室長殿の出世の大チャンスでもある。県警

はもちろん、身内のオレたちにも内緒で、あれこれ動いているに決まってるさ」

大八州連合会とは、東日本最大の暴力団である。間島組を攻めていけば、いずれはここに行き着くことくらい、言われてみれば当然のことであった。

今回の事件は、しばらく前から報道されていた。間島組もバカばっかりではない。いずれ自分たちのところに警察の手が入ることくらい、容易に想像できただろう。

にもかかわらず、

「教団本部からシャブや拳銃が出てくる、間島組のパソコンも中身は復元可能、おまけにたくさんの押収資料。なんかこう、うまくいきすぎてんだよな」

「そういや、間島組の幹部のなかには所在不明の人間がいるんでしたね」

「近藤伊八《こんどういはち》だろ？　無銭飲食とか万引きとか、マル暴にしちゃビミョーな前科前歴だし、まだ若い。やせてて貫禄もないし、幹部っていうほどのシロモノでもなさそうだけど、そのわりにゃ組内ででかいツラしてたらしいからな。こいつがどっかに雲隠れして、捜索が始まっても影も形も見あたらない。長野よ、こいつはアメがどうとか言ってる場合じゃないかもしれないぞ」

いや、〈あめせんべい〉の恨みは忘れないが、確かに。合同捜査本部だというのに、わが長野県警に内密で警視庁サイドに手柄を独り占めにされてはかなわない。調整役の名が廃《すた》る。

どころか警視庁内部の動きを察知できなかったとしたら、評価ががた落ちする。長野に戻る日も遠のく。

冗談じゃない。

もっとも、よく考えてみれば、いまのところなにか具体的に動きがあるというわけでもない。同期の出世頭を妬んだ玉森が、長野県警側をたきつけて、原古に嫌がらせをしようとしているのかも。だとしたら、下手に動くとせっかくの調整がパーになってしまうどころか、合同捜査本部にヘンな亀裂が入りかねない。

いったいどうしたらいいだろう。相馬に耳打ちだけでもしておくか。もう少し、原古の様子を見るか。

あー、めんどくさー。

あれこれ頭をめぐらせていた御子柴は、われに返って、げっそりした。この手の、政治的な身の処し方、みたいなものは、ほんとに苦手だ。

「おい、長野。おまえんとこの親玉が呼んでるぞ」

玉森が親指で示した方を見てみると、相馬管理官が先刻とはうってかわって険しい表情になり、スマホ相手になにやら話し込んでいた。顔をあげて御子柴と目が合うと、せわしなく手招く。御子柴は腰をあげた。右膝がずきりと痛んだが、平静を装って、相馬のもとに急いだ。

「なにごとですか」

スマホの通話が終わるのを待って声をかけた。相馬は手をあげて、考え込んだ。

「おまえさんのもと相方からだった」

松本警察署の小林警部補のことだ。

「御子柴、おまえ、岡章二《おかしょうじ》を覚えてるか」

体重をかけないようにしていた右膝がずきん、と痛んだ。

「……はい」

「そうだった。忘れるわけがないよな。おまえさんの右膝を壊した男だ」

相馬管理官は御子柴を気の毒そうに見た。御子柴は唾を飲み込んだ。

「岡がどうかしたんですか。あいつ、とっくに出てきてますよね。また、なにかしでかしたんですか」

「しでかしたんじゃない。やられたんだ」

「はい？」

「岡章二は殺された」

## 2

九年前の秋のことになる。御子柴将は松本警察署の地域課に配属されてほどない、若い警察官だった。

ようやく仕事に慣れてきたある日、駅前交番で通信司令センターからの指示を聞いた。中町通からほど近い路地で、観光客がショルダーバッグをひったくられ、転んで怪我を負ったという。よりによって頭を打ち、意識不明というからたんなるひったくりというよりは路上強盗、それも強盗致傷だ。

先輩と一緒に、すぐに駅に向かった。

次々に入ってくる情報によれば、盗まれたバッグはLという有名ブランドのショルダーバッグで、同じブランドの長財布が入っていたそうな。

犯人は二十代とみられる若い男で、やせ形長身。赤いチェックのネルシャツにジーンズ、茶色の登山靴。

徒歩で駅方面に逃走したというから、もし、地元の人間でなければ、そのまま列車に乗る可能性も高い。駅での該当者に注意されたい、と指示が飛んだ。

赤いチェックのシャツなんかを着たまま、ひとめの多い観光地で強盗なんて、とんでもないバカか、よほど金に困っていたのか。

もっとも、その格好で犯行に及んだとしても、今は脱いだに決まっている、と御子柴は思った。赤シャツさえ脱いでしまえばジーンズに登山靴だなんて、行楽シーズンの現在、そうでない男のほうが珍しいくらいだ。

そう思った矢先、目の前を赤いものが横切った。赤いチェックのネルシャツにジーンズ、茶色の登山靴を履いた背の高い、ひょろっとした男がひょこひょこと駅への階段を昇っている。

男は歩きながらLのショルダーバッグを開け、中からLの長財布を取り出した。同時にハンカチが階段に落ちた。薄いピンクの花柄のハンカチだった。

おいおい。嘘だろ。

先輩と顔を見あわせた。先輩は無線で情報をあげ、御子柴は音を立てないように階段を昇り、男の前にまわりこんだ。

「失礼します」

男の背後に先輩が立ちふさがったのを確認し、声をかける。男はぽかんと御子柴を見上げた。

「お急ぎのところ、恐れ入ります。実は先ほど、中町通近くでひったくり事件がありまし」

男はいきなり背後にいた先輩警察官を突き飛ばした。油断していたわけでもないだろうが、意表をつかれたのと意外な力持ちだったのと、とにかく先輩はもんどりうって階段を転げ落ち、男は御子柴の手をすりぬけて松本駅の改札めざして走っていった。

おいっ。マジかよ。

階段を落ちた先輩が、追え、と叫ぶのを背中に聞きながら、御子柴は装備をおさえ、男の赤いシャツめがけて走った。新宿行の特急〈スーパーあずさ〉がそろそろ到着しようかという頃合いである。それなりの人出があるなかを、男はおばあさんを突き飛ばし、登山帰りらしい親子連れをかきわけ、改札を飛び越えて構内に走り込んでいった。

御子柴もあとに続いた。こういう場合「待て」と言われて待つバカはいないが、制服警官に追われている人間がいる、と周囲に知らせるには「待て」にかぎる。実際、御子柴が待てと叫ぶたびに、ひとびとが左右に割れて、壁にぺったりとくっついた。なかには、

「おまわりさん、あっちあっち」

などと知らせてくれるひともいる。

男はホームの階段を駆け下りた。御子柴も駆け下りた。スーパーあずさを待つひとたちから悲鳴があがった。

なんと、男はホームにつくなりその勢いのまま、線路に飛び降りたのだ。けたたましく警笛が鳴り、耳をつんざくようなブレーキ音が轟いた。ちょうどホームに滑り込んできた

スーパーあずさの鼻先に降り立った男は、わずか十メートルほどの距離しかおかず、特急列車と顔を合わせる形となった。

後になって、つらつらと思い返してみるに、自分の記憶が塗り替えられてしまったかのような心許なさを感じる。このときの様子が、御子柴の記憶の中では、まるでワーナーブラザーズのカトゥーンのようなのだ。

線路に飛び降り、あずさに気づいた男は飛び上がり、くるっと向きを変えて線路上を逃げ出した。スピードを落としていたとはいえ、まだじゅうぶんに速度を持つあずさが警笛とブレーキ音をお供にその後を追う。両者の距離がどんどん縮まっていく。

御子柴はホームの端を走りながら、線路からはずれろ、と男に向かってわめいた。男は聞く余裕もないのだろう、ひたすら枕木の上を走る。

そして、転んだ。あずさが迫る。

考えるまもなく、御子柴はホームから男めがけて飛び降り、男の身体に抱きつくようにして、必死に転がった……。

「で、右膝をやられたんですか」

竹花一樹が気の毒そうに言った。

「まあな」

「すごいですね」

「そうでもないんだな、これが」

これは謙遜《けんそん》でも何でもない。スーパーあずさのスピードはそのとき、極限まで落ちていたから、枕木のあいだでうつぶせになっていたとして、少し枕木の上を押されるような形になったとしても、男――岡章二が死ぬようなことにはならなかっただろう。

しかしまあ、御子柴の右膝と、いずれは長野県警山岳遭難救助隊に入りたいという夢を壊す程度には、破壊力があったわけだ。

で、残念なことに、頭の悪い、根気のない、怠け者であつかましい岡章二の性根をたたき直すほどの破壊力はなかった。

「そもそもどういう男なんですか、その岡章二。話を聞くかぎりじゃ、大バカ者ってことだけは確かのようですけど」

小田急線のシートに深々と腰を下ろし、竹花が言った。

岡章二の死体は、昨日の朝五時すぎに、安曇野の犀川《さいがわ》で見つかった。

第一発見者は畑に出かける途中の近所の住人。冷たい川の水に浸かっていたことから、死亡時期は誤差を見込んで死後四時間から八時間。死因は脳内出血。殴られたものではなく、どこかに激しく打ちつけたようで、頭蓋骨にひびが入っていたという。

発見現場は風光明媚《めいび》で水がきれいな川。近くには大型バスが乗り付けるほどの規模の観光わさび農園もあって、死体遺棄には不向きなめだつ場所だ。

といって、川や死体の状況からすると、上流からここまで流れてきたとも考えられない。発見前夜にここに遺棄されたとみるべきだろう。

おまけに、死体は身元を示すようなものはなにも持っておらず、十一月だというのに赤いネルシャツとブリーフ、ジーンズしか身につけていなかった。

要するに、オッチョコチョイがうっかり川に飛び込んで頭を打って死んだわけではない。殺人・死体遺棄事件、というわけだ。

ただちに安曇野警察署に捜査本部が置かれ、隣接する松本警察署の小林警部補も、応援として捜査本部に吸い上げられたらしい。そこで被害者の顔を見るなり岡章二を思い出し、相馬管理官を通じて御子柴に知らせてくれたのだ。

御子柴は合同捜査本部からはずれ、安曇野の捜査本部の要請にしたがって、岡章二の東京での行動や生活ぶりについて調べるようにと、相馬管理官から言い渡された。もちろん警視庁サイド、捜査共助課の課長の許可もとってあった。相馬さんらしい気のつかいかただな、と御子柴は思った。

それで、竹花と待ち合わせて、岡章二の母親に会いに行くことになったのだ。彼女は町《まち》田《だ》に住んでいるそうだが、長野県警からの知らせに対し、

「安曇野？　そんな田舎《いなか》くんだりまで行っているヒマなんか、ありませんよ」

にべもなく、息子の遺体の引き取りさえ拒否したそうだ。

「岡章二っていうのは、都庁に勤める父親とパート勤めの母親のあいだにできたひとり息子。いわゆる、東京郊外の中流家庭の出ってことになるかな。母親はかなり教育熱心だったみたいで、息子の学資を稼ぐために早くからパートで働いていたんだけどね」

熱心さがあだになったのか、息子のほうは中学に入学するかしないかのうちにやさぐれ、学校にも行かず家にも帰らず、ぶらぶらと遊び歩いて、事件当時は無職だった。

前科前歴こそなかったが、まともな人間関係を築けない性質で、悪い仲間、といったようなものはない。ただひとりで怠け、ふらつき、マンガ喫茶に寝泊まりし、遊ぶ金がなくなると親や親戚にたかり、万引きしたものをオークションで売ったりして日々を無為にすごしていたようだ。

こういう人間にありがちだが、本人は、自分は頭がいいと思ってるから始末に負えない。

立川《たちかわ》市の一戸建てに住んでた人間が、なぜ松本でひったくりなんだ、と聞かれて、

「観光だなんだって遊び歩いてるジジイやババアなら、現金持っててんに決まってるだろ。立川から電車一本で出かけられる狩り場といったら、松本だろ。そのくらい頭使えよ、おっさん」

当時、取り調べの担当官だった小林警部補をおっさんよばわりし、なぜ手配がまわっているに決まっているのに服装も変えず、人ごみの中で盗んだバッグから堂々と財布を取り

出したのか、と聞かれると、

「手配がまわってるって、今回は珍しくまわってただけだろ。ケーサツの手配が間に合うなんて、百年に一回あるかないかじゃんか。そんな珍しいこといちいち気にしてらんないし。だいたい、ひとごみで他人のすることなんか、誰も見てないだろうが」

実際に逮捕されたことをどう思っているのか、せせら嗤って言い放つのだった。

おまけに、

「マスコミ報道は〈強盗〉なんだろうな。〈ひったくり〉はしょぼいからやめてくれ」

だの、

「オレが電車に轢《ひ》かれそうになったのは、警官が追っかけてきたせいだからな。ケーサツには慰謝料出してもらうから。そうだ、マスコミ集めて会見するからセッティングしろよ。マスコミの連中って、ケーサツ叩くの大好きだろ」

などと、とくとくとしゃべり、小林警部補をあきれかえらせた、と後になって聞かされた。

「めちゃくちゃっすね」

竹花が言った。御子柴は返事をしなかった。

命がけで助けた相手があんなヤツだった、というのは御子柴にとってかなりへこむ事実だった。山岳遭難救助隊の夢をあきらめるより、きつかった。これから会いに行く岡の母親は、当時まだ健在だった父親とともにやってきて、病室の床に頭をすりつけるようにして御子柴に謝った。自分の両親よりもひとまわりほど若いはずのふたりが老け込んで見えて、何とも言えない気持ちになったものだったが、母親は陰で、

「警察もあんなバカ息子、なんで助けたのかしら。いっそ轢かれちゃえばよかったのに」

と、もらしていたらしい。

吹っ切れたつもりでも、思い出すとあちこち痛い。膝とか胸とか心とか。

「それで、結局、どの程度の罪になったんですか」

「初犯で二十歳になったばかり、被害者は脳震盪《のうしんとう》を起こしただけだったし、懲役二年だったかな。半年くらいで出てくるんだろうなと思ってたら、満期出所だったけど」

「それで終わらなかったわけですね」

刑務所に入れたばっかりに、今度こそ悪い知り合いがたくさんできた。ああいうかわいげのない性格だから、仲間ができたわけではないが、犯罪について学び、手口について知り、取り調べでも裁判でも、頭のよさをひけらかすより反省しているふりをしたほうがいい、と悟った。

それでも、根本的に賢くなったわけではないので、

「出所後ひと月で恐喝《きょうかつ》をやった。刑務所に入っているとき知り合った窃盗犯の元かみさんを脅したんだ。金をよこさないと、子どもの父親が泥棒だって言いふらすぞ、子どもが

学校に行けなくなるぞと。元かみさんは二度ほど金を払ったらしいけど、そもそも生活保護を受ける瀬戸際の暮らしだったから、数千円支払うのがやっとだったらしい。ふざけるなと殴られ、たまりかねた彼女が立川警察署の知り合いに相談して、岡章二は逮捕された」

裁判所で泣きマネまでして二度目の刑期は六ヶ月。とはいえ、刑務所仲間の家族を脅したことはムショ内に知れ渡り、悲惨な半年間をすごしたようだ。

「それで懲りればいいものを、出てきたら次には自動車を使った強盗事件を二件起こしたんだ。盗んだ車で深夜、歩行者をはねとばし、金品を奪って車を置き去りに逃走する。証拠隠滅のためらしいが、逃走する際、車の運転席に灯油をまき散らして火をつける、なんていうとんでもないことまでしやがった」

はねられた歩行者に死人や重傷者が出なかったのが、不幸中の幸い。おまけに、このときの岡の泣きマネは上達して、実に堂に入っていた。

「反省を態度で示そうと思って、坊主にしました」

頭をくりくりに剃って、しょんぼりと反省の弁を述べたそうだ。ただし、よけいに人相が悪く見えて逆効果だったのか、結局のところ犯行の悪質性を重く見られて、懲役六年を言い渡されたはずだ。

「聞けば聞くほど、バカですね。ひょっとして、岡の母親がいま、中山《なかやま》姓を名乗ってるのは、そういうことですか」

「うん。父親は心労が重なって倒れ、結局は脳溢血《のういっけつ》で亡くなったそうだけど、その後、母親は家裁に申請して旧姓に戻したんだ。息子とは縁を切った、ということなんだろうね」

岡章二の行状を耳にするたびに、御子柴は複雑な気持ちになった。

あのときアイツを助けたりせず、轢かれるままにしておいたほうが世のため人のためだったのではないか。アイツに傷つけられる人間が後を絶たないのは、自分の責任でもあるのではないか。

もちろん、こんなことを考えるのは間違っているし、バカバカしい。それはわかっているのだが。

「だけど、母親でしょう？　いくら迷惑なバカでも、実の息子と本当に縁が切れますかね」

「どうだろうね」

あらかじめ知らされていた岡の母親・岡治子《はるこ》――あらため、中山治子の町田のマンションは、マンションと呼ぶにはあまりに荒れた雑居ビルだった。一階に飲食店が一軒あるだけで、あとはすべて空き物件のようだ。

その一軒だけの〈スナックはるこ〉という看板を見て、御子柴と竹花は思わず顔を見あわせた。

そのとき、スナックのドアが開いて、看板を引きずり出してきた女がいた。ありあまるお肉がドレスをぱっつんぱっつんに盛り上げ、顔をあげてちらとこちらを見た顔は、いまどきゲイバーでも見られないほどの厚化粧に彩られている。

その奥にようやく、中山治子の面影を見いだして、声をかけようとしたとき、店の奥からゴミ袋を持った背の高い男が出てきて、中山治子に声をかけた。

「おい、おまえ、今日は休んで誰にも会うなって」

そして、ふたりに気づいた。

御子柴は仰天して立ちすくんだ。それは、行方不明になっていた間島組構成員・近藤伊《こんどうい》八《はち》だった。近藤がそくざに、警察だ、と見抜いたのが目の色でわかった。

御子柴が我に返るより早く、近藤が動いた。ゴミ袋を背後に放り出し、中山治子をはがいじめにして、後ずさりを始めた。

「来るな。オレは絶対、捕まらない。来たらこの女を殺すぞ」

大声で叫びながら、中山治子を店に引きずり込む。御子柴と竹花がぽかんとしているうちに、スナックのドアが閉まった。

えっ、と御子柴は思った。

なにこれ。ひょっとして、立てこもり？

3

「冗談じゃないわよ。アタシがなにしたってのよ」

スナックの一角で、中山治子はふて腐《くさ》れていた。左手で煙草、右手で大きな氷嚢《ひょうのう》を持ち、おでこにあてている。

息子には死なれるわ、人質にされかけるわ、店とその周囲に警察官と野次馬があふれかえっているわ、そりゃふて腐れたくもなるよな、と御子柴はひそかに同情した。

「ところで、あの男はなに？　治子さんのコレ？」

竹花が親指を立ててにこっとした。童顔で、笑顔になると糸切り歯が光る。これを見せられると、たいていの女は仏頂面《ぶっちょうづら》のままではいられない。

治子も仕方なさそうに笑って、

「そんなんじゃないわよ。アレはただの店の客。なんか、借金取りに追われて帰れないっていうから、しばらく店に泊めてやっただけよ。ここのソファで、毛布だけ渡してさ。なんなのあの人。なにやったの」

「そうか。治子さん、親切にしてあげたんだ。なのに突き飛ばしてケガさせるなんて、ひどいよね。後で被害届書いてよ。きっちり捕まえるから」

「そういうの、メンドーだからいい。たんに頭に血がのぼっただけでしょ。これくらいのことで、警察が大勢——商売にさしつかえるわ」

「だけど」

「いいったら、いいの」

御子柴は咳払いをした。

「それじゃ、彼の話はおいといて、息子さんのことなんだけどね」

「アタシに息子なんか、いないわよ」

中山治子は怒鳴り、煙草をもみ消した。御子柴は焦って時計を見た。

来るな、この女を殺すぞと言われて、一瞬、茫然としたものの、ふたりも警察官である。凶器を持っているわけでもない相手に来るなと言われて、突っ立っているわけがない。

ドアが閉まった瞬間、ダッシュして開けたのだが、途端に治子の巨体がドアを押し開けるような形で飛んできて、受け止めた竹花は押しつぶされ、ひっくり返った。店の奥の勝手口から飛び出ていく近藤の姿を確認した御子柴は、竹花をそのままに、ビルの裏手に回った。

マル暴なんてものは不健康で、走って逃げてもすぐへばると思っていたのに、近藤伊八はビルの裏手の道をものすごい勢いで遠ざかっていく。右膝のことも忘れて必死に追ったが、近藤は速かった。

一度、二度と見失い、見つけても追いつけずに、三度目にまた見失った。探していると、目の前を軽トラックが猛スピードで通過していった。運転席には近藤伊八、車体の横に〈有限会社　あぶくま酒店〉という文字が見えた。そのトラックを、泥棒、と声の限りに叫びながら追いかけてきた初老の男がいた。

トラックはまたたくまにふたりの前から姿を消し、御子柴は初老の男に近寄った。

「どうしました？」

「軽トラ、盗まれた。ちょっと品物を搬送してるあいだに……くそっ、バカにしやがって。返せ、泥棒！」

男――あぶくま酒店の店主らしい――は肩で息をし、苦しそうにあえぎ、地面に唾を吐いた。

「軽トラを盗まれたんですね」

「さっきからそう言ってるじゃねえか。なんだ、あんた。人の不幸がそんなに楽しいのか」

「いえ、私は警察官です」

「なんだ？　いや、ケーサツは嫌いだ。呼んでない。早く帰れ。帰ってあの野郎に軽トラ、戻させろ」

興奮するあぶくま酒店の店主をなだめながら、御子柴は合同捜査本部に連絡を入れ、事情を説明し、軽トラックの手配を頼んだ。

相馬管理官もさすがに驚いたようで、すぐに本部の人間をこちらによこすという。彼らが来てしまえば、中山治子への近藤伊八についての聴取が始まってしまう。その前に、岡章二の事件について、心あたりなど聴取しなくてはならない。

駆けつけてきた所轄署の係員に店主を任せ、〈スナックはるこ〉にとって返したというわけだった。

「まあ、治子さんの気持ちはわかるけど、一応は親子なんだしさ。話を聞かないわけにもいかないのよ。ごめんね」

竹花がまたにこっとし、治子に水を差しだした。それからしばらくは、岡章二とは関係ない話に終始した。

治子さんはどこに住んでるの？　へえ、このビルの上に部屋があるんだ。ここに店をかまえたのは、誰かの紹介？　ふーん、町田駅前の不動産屋さん。ね、なんで町田なの？　元は立川に住んでたんだよね。へえ、知り合いが町田にいるんだ。店はもうかってる？　常連が大勢いるんだ。治子さんの人柄なのかねえ。お世辞じゃないって、なんか居心地よさそうだもん、この店。仕事で来たのが残念だよ。ふつうに飲みに来たら、くつろげた気がする。

さんざん治子を持ち上げて、場が和んできたところで、竹花は岡章二の話に戻った。

「章二くんが最後に刑務所から出てきたのは九月の終わりだっけ？　それから治子さん、会ってないの？」

「来たわよ。一度。このこのこと。ここに」

治子は口をへの字にした。

「いつ」

「一昨日《おととい》の夜。九時頃だったかな。どうやって調べたんだか知らないけど」

「調べたって？」

「アレの父親が死んでから、アタシは名字を変えて住所も変えて、ごらんの通りの店を始めて、アレとは縁が切れたと思ってた。なのに、けろっとした顔でアタシの前に現れて。アレのせいでどんだけ迷惑こうむったと思ってるんだか」

治子は新しい煙草に火をつけた。

「親兄弟にも親戚にも顔向けできないし、アレの父親の生命保険も家を売り払った金も、被害者への慰謝料で消えちまって、この店を始めるのが精一杯ってとこしか残ってなかった。なのに、突然やってきて、自分の分の遺産を渡せだってさ。新しい服も買えない息子がかわいそうじゃないのか、行きたいところがあるだとか、言いたい放題。かわいそうなのはアタシだってての」

「本人はどうやって調べたんだか、言ってた？」

「ネットで調べたってさ。ヒマな常連がSNなんとかってのに書き込んで、アタシの写真まで載せてたんだってさ。物好きもいたもんだわ。こんな場末のスナックのことなんか、わざわざ世間に知らせて誰のトクになんの」

「章二さん、どこに行きたいって？」

「長野に行く、みたいなこと言ってたわねえ」

治子は煙を目で追いながら、つぶやいた。

「刑務所でさ、安曇野の人間と知り合った、金持ちなんだって言ってたわよ。それ以上のことは、知りたくもないから聞かなかったけど」

「で？　金、渡したんですか」

「三万円だけね。追っ払うためよ。次に来たら、脅迫で被害届出して逮捕してもらうって言ったら、ぐちゃぐちゃ言い返してきたんで、横っ面、張り飛ばしてやった。そしたらすごすご出てったの。ああ見えて、アレは痛いのがダメなのよ。父親がひとり息子だからって甘やかして、悪いコトしても殴らずに優しく言い聞かせたりしてたから、あんな出来そこないになっちまったんだわ。やっぱりさ、なんだかんだ言ったって、体罰は必要よ。特に男の子はぶん殴られて一人前になるのよ。そうじゃない？」

この巨体に張り飛ばされたら、体罰を通り越して傷害事件になりそうだ、と御子柴は思った。

「それっきり、連絡はないわけ？」

「あのさ、刑事さん」

治子は盛大に煙を吐き出した。

「アタシはもう、アレに関わるの、ゴメンなんだよね。遺体を引き取ってくれって長野の警察のひとにも電話で言われたんだけどさ。もう、顔も見たくないんだわ。葬式を出してやる気にも、父親と同じ墓に入れる気にもなれない。悪いけどそっちで、テキトーに処分しちゃってよ」

「うーん、気持ちはわかるけどさ」

ふたりの押し問答を聞きながら、御子柴は店内を見回した。カウンター席が六つ、椅子席をあわせてもお客は最大で十二人というところか。

カラオケ設備に立ち枯れ寸前の胡蝶蘭《こちょうらん》の鉢植え、赤い絨毯《じゅうたん》に誰のものともわからぬサインの色紙。カウンターの背後には、キープされたらしいウイスキーのボトルが並んでいる。照明が暗いため気づきにくいが、全体に埃っぽい。

あれ。

見るともなくボトルを眺めていて、御子柴がはっとしたとき、スナックのドアが開いて玉森剛ら合同捜査本部の面々がどやどやと入ってきた。

選手交代して外に出た。竹花が言った。

「ひどい母親もいたもんですね。なにをしでかしたにしたって、あそこまで息子を毛嫌いしなくてもよさそうなもんだ」

「そうだな」

とは言ったものの、治子の気持ちもわからなくはない。息子がまっとうに育っていれば、中流家庭の一戸建ての主婦におさまって、生活に困ることもなく、ふつうの暮らしをしていたはずだ。息子にかける期待が大きかった分、憎らしさもひとしおなのだろう。

治子はオレに気づかなかったな、と御子柴は思った。九年も前の、病室で顔を合わせたきりの警察官のことなど、思い出せないのも当然だが。

「それより、御子柴さん。安曇野の知人の件、長野に知らせた方がよくないですか」

うなずいて、ケータイを取り出したとき、町田警察署の捜査員が走ってきた。

「すみません、〈あぶくま酒店〉の軽トラの件なんですが」

「どうしました」

あの店主は警察を嫌っていた。よもや、被害届を出さないと言いだしたのではあるまいな。だとすると、面倒なことになる。

近藤伊八には目下のところ、間島組の件でこれといった容疑がかけられているわけではない。軽トラの盗難以外には、御子柴たちに対する公務執行妨害と中山治子に対する暴行があるが、治子は被害届を出さないと言い張っていた。公妨《こうぼう》だけでは大がかりな手配になるかどうか。

「実はあの軽トラ、一昨日の夜九時頃にも盗まれたっていうんですよ」

捜査員は淡々と言った。

「乗り逃げされたのを、入浴中に風呂場の窓から見た店主が一一〇番してきたんですけどね。目の前で盗まれたのに、通報が半日後、昨日の朝だったんです」

「え、なんでまた」

「店主が言うには、夜も遅かったので、警察も閉まってると思ったとか。だから翌朝、通報したそうです」

「なんだそりゃ」

マヌケなようだが、まれにこういうことがある。空き巣に入られたが、散らかっているから恥ずかしいと通報前にお母さんが掃除しちゃった、とか。昼休みに財布を盗まれたが、まずお昼ごはんを食べ、財布に入っていたカード類を止め、仕事が終わって帰宅してから通報してきた、とか。

変事が起きたらまず一一〇番、とは常識だが、実際にコトが起きたとき人間がどう反応するか、想定通りにはいかないのだ。

「それで昨日の朝、捜査員が来たら、軽トラは近くの路上に停めてありましてね。盗まれたんだ、勘違いだったんじゃないか、いや店の入口の釘にひっかけといた軽トラのキーもなくなってたんだ、こんな誰にでも出入りできる場所に不用心にもほどがある、なにを、どこにキーを置こうがオレの勝手じゃねえか、泥棒がはびこるのはケーサツの責任だ、――とまあ、臨場《りんじょう》した捜査員と店主のあいだで少々、もめまして」

それでケーサツなんか嫌いだ、と騒いでいたのか。

「本人の申し立ての通りなら、三日のあいだに二度も盗まれたわけか。最初の盗難で、相手を見てないのかな」

「暗かったけど、間違いなく若い男だったそうです。長身で痩せて、赤いシャツを着ていた、そう言ってます」

## 4

「それじゃ御子柴くん。一昨日の夜、被害者である岡章二本人が軽トラを盗んで、安曇野までやってきた、っていうんですか」

電話のむこうで松本警察署の元上司、小林警部補は驚いたように言った。

「断言はできません。痩せて長身で赤いシャツを着た若い男なんて、いくらでもいます。

ただ、一昨日の夜、岡章二は母親の店に現れたし、そのとき赤いシャツを着ていたそうです。それは確認しました。母親の話では、安曇野に刑務所で知り合った人間がいるから、行きたいと言ってたそうですし、ヤツには自動車窃盗のマエもある」

「なるほど、条件はそろってますね。だとすると、一昨日の夜、岡章二は安曇野にやってきて、安曇野で殺され、安曇野に遺棄された」

「はい」

「その後、犯人は、軽トラを東京の町田まで返しに行ったわけですね」

「は……」

御子柴は返事に困った。小林警部補は笑って、

「軽トラの横腹に店名の他に、住所も書かれていたんでしょうか」

「ええ、住所と電話番号がありました」

「なら、安曇野に住んでいる犯人でも、どこの軽トラかはわかったわけだ。なぜそんなことをしたのか、不思議ですけどね。たまたま、東京に出ていく用事でも、あったんですかねえ」

とぼけたことをいう元上司に、御子柴は思わずふき出した。小林警部補は自分でもふふっ、と笑って、

「ところで、こちらでも、岡章二の〈安曇野の知り合い〉っていうのが浮かびましてね。

明日にでも話を聞くことになってるんです」

「何者ですか」

「荻原志郎《おぎわらしろう》っていうんですけどね。御子柴くんがいた頃にはまだ、あったかなあ。ほら〈あづみの探偵社〉の看板、覚えてませんか」

ああ、と御子柴はうなずいた。荻原志郎は安曇野の農家のオヤジだが、昔から探偵に憧れて、自分のたんぼに〈秘密厳守・あづみの探偵社　探偵長・荻原志郎〉という野立て看板をたててしまった男だ。

リンゴや梨、ブドウ畑やたんぼを見ながらのどかな安曇野をドライブしていると、いきなりそんな看板が目に飛び込んでくるわけで、誰もが驚く。

もちろん、探偵調査の依頼をする人間など皆無《かいむ》だが、本人は気にせず、頼まれたわけでもないのにご近所を詮索しては、安曇野警察署に駆け込み、

「あの家の奥さんは家出したことになっているが、本当は夫に殺されたに違いない」

「あそこの家で起きた小火《ぼや》は、煙草の火の不始末ということになっているが、本当は奥さんの不倫相手による放火だ」

などと訴えてくる。長野が教育県と呼ばれていた頃に学校教育を受けた信州人の常で、理路整然とそういう結論にいたった道筋をたてるから調べないわけにもいかず、捜査員が出向くと、これがまったくのデタラメ。いたずらに近所にトラブルをまき散らす結果に終

わるという、警察関係者のあいだでも有名な、迷惑オヤジであった。

数年前に妻を亡くしたのをきっかけに、田畑を息子に譲って隠居。自分は山麓《さんろく》線沿いの森の中の一軒家を改装し、私立探偵小説がメインの蔵書を並べたブックカフェ、その名も〈ディテクティヴ・カフェ〉をオープンした。

ちょうどその頃、安曇野がドラマの舞台になって、観光客が増えた。そこで、見苦しいと指摘されたくだんの野立て看板も撤収されたのだった。

「ツイッターもやってるし、ガイドブックにも掲載されたし、あんな場所にあるのに、カフェはそこそこ流行《はや》ってるみたいですよ」

小林警部補はそう言った。山麓線沿いの森の中にはカフェやギャラリーが点在しているが、入る道は舗装されていない山道で、入口の目印はごく小さいときているから、初めてやってきたドライバーは大いにおたつくのだ。

「ですけど、荻原志郎は前科はありませんよね」

岡章二は、安曇野の知り合いとは刑務所で知り合った、と母親に言ったはずだ。そう御子柴が思い出して聞くと、小林は笑って、

「実はですね、例のブックカフェのホームページには、〈あづみの探偵社〉の広告も掲載されているわけです。で、岡章二はそれを見て、荻原志郎に連絡を取ったんです。人を捜して欲しい、とね」

明日、荻原志郎に会って詳しいことがわかったら、また連絡しますね、と小林警部補は電話を切った。

御子柴は時計を見た。気づくと夜の十時をまわっている。家宅捜索があったから、今朝は五時起きだった。自分で言うのもなんだが、働き者だよな、と思う。まあ、自分だけではないのだが。

竹花とも相談し、今日はもう引き揚げよう、となった。駅に向かって歩きかけたとき、遠くに原古源太室長の姿が見えた。小柄でも、あのファッションだからこのうえなくめだつ。

原古は電柱の陰でケータイに向かって、なにやらひそひそ話しているところだった。竹花に先に帰るように言うと、御子柴は原古室長に近づいていった。聞きたいこと、聞かねばならぬことがあるが、どう切り出したものかと悩んでいると、通話を終えた原古がこちらに気づいた。なんともいえぬ目つきで御子柴を見据える。

「長野さんがなにか用か」

「教えていただきたいんですが」

原古はカフスを直し、じろりと御子柴を見た。

「なんだ」

「近藤伊八って男は、どういう人物なんです?」

「質問の意味が広すぎて、答えようがないな」

原古は鼻先でせせら笑うように言った。御子柴は必死に食い下がった。

「貫禄もなく、幹部だったわけでもないのに間島組ではいい顔だったんですよね。捜索が入ると、行方をくらませ、こんな場末のスナックに隠れてた。特に具体的な容疑があるわけでもないのに、軽トラを盗んでまで、必死に逃げた。なぜですか」

原古はゆっくりと近づいてきて、すくいあげるように御子柴を見た。

「そんなこと聞いてどうする。おまえは合同捜査本部からはずれて、田舎で起きた殺人事件の担当になったんだろ」

「その田舎で起きた殺人事件の関係者にかくまわれていたんですよ、近藤伊八は。こっちの件と関係があるかどうか、確かめさせてもらいたいだけです」

「だからってなんでオレに聞くんだ」

「あのスナックに〈原古様〉と書かれたボトルがありま」

した、とまで言う前に、原古室長の手が、御子柴の胸倉をつかんでいた。優しい、小さな声で原古は言った。

「なあ、長野の坊や。田舎警察じゃ教わらなかったのかもしれないけどな、首都警察において情報は捜査官の命なんだよ。ただ聞くだけ聞いてくる人間に、命を渡すバカ、いると思うか」

一瞬にして、口の中がからからに干上がった。原古は手を離して一歩下がると、御子柴の右膝を靴先で軽くこづいた。

「膝は痛えよな。ここやられると、どんなやつでも悲鳴をあげて泣きじゃくる、かわいい坊やみたいにさ。苦痛を味わわせたいならここがいちばん、なんて言うヤツもいるくらいだ。気の毒だよな。だからって近藤伊八を取り逃がしていいわけないよな。な？」

な、と言うたびに、尖ったエナメルの爪先が御子柴の右膝に食い込んだ。

「まして、近藤伊八を取り逃がしたのをごまかすために、どうでもいいことほじくり返すなんて許されないよな」

「どうでもいいこととは思いませんが」

膝の痛みをこらえながら、御子柴は必死に言い返した。

「あなたが岡章二殺人事件について、なにか知っているなら、話を聞くのは捜査員として当然の義務です」

原古室長の目が鈍く光り、御子柴は半ば覚悟して歯を食いしばった。そのとき、背後から声がした。

「よう、出世頭。おまえ、町田の出身なんだよな」

玉森剛が大きな頭をゆらゆらさせながら、ひょいとふたりのあいだに顔をのぞかせた。

原古の身体から、すっと殺気が消えた。玉森はそれに気づかないように、さりげなく続けた。

「このあたりには詳しいんだろ。まだやってる食事処を教えろよ。晩飯食いそびれたんだよ。腹減ったんだよ」

「知らねえよ」

原古はきびすを返して歩き出しながら、言った。

「実家の近くで飯なんか食うか。だから、オレはこのあたりの飯屋に詳しくなんかないんだよ」

原古室長が遠ざかるのを確認すると、御子柴の肺から思いっきり空気が出て行った。玉森が言った。

「長野、おまえバカだろ。ああいう化け物相手に、いきなり直《じか》アタリしてどうすんだ。殺されるぞ」

冷や汗で全身が濡れていた。御子柴はあえぎながら、うなずいた。

「玉森さんも、あのボトルに、気づいたんですか」

「今は女房が建てた青山《あおやま》の豪邸に住んでるが、元は町田の在だって知ってたからな。原古なんて妙ちきりんな名前の男が、そうそういるとも思えないし、第一、アイツは途中まで一緒に来たくせに、スナックには入ろうとしないどころか、避けてたみたいだし」

「やっぱり、原古さんは近藤伊八のこと、なにか裏で……？」

「たぶんな。長野、おまえ気をつけろよ。原古のヤツ、これ以上自分の痛い腹探られないために、近藤伊八を逃がしたとかって、おまえと長野県警の責任を言い立てるかもしれないぞ」

言われて驚いたが、なるほど、そういうこともありうるわけだ。

「わかりました。ありがとうございます、玉森さん」

丁寧に頭を下げると、玉森は顔をしかめて手を振った。

「よせやい。下手に話が、警視庁対長野県警、てなことになったら、事件が空中分解しかねないからよけいなお世話を言ったまでだ。それにさ、あれだ。感謝の気持ちは夕飯で示せよ。な？」

あれだけおやきを食った男に、結局その日の夕ご飯をおごらされるハメになった。適当に見つけて入った中華料理店で、玉森が野菜炒め定食をかきこむかたわらで、御子柴は相馬管理官と、電話で長い打ち合わせをした。

御子柴自身に食欲は、まったくなかった。

## 5

翌朝、相馬管理官の指示で、御子柴はふたたび〈大地と命の香り〉教団監禁暴行致死事件・警視庁長野県警合同捜査本部に戻った。それと同時に、物事が一気に動き始めた。

まず、盗まれた〈あぶくま酒店〉の軽トラックが見つかった。場所は埼玉県北西部、奥《おく》秩父《ちちぶ》のダム近く。

このあたりにはかつて、近藤伊八の祖父母が住んでいて、近藤も子どもの頃、祖父母の元に預けられていたことがある。近藤の祖父は林業に従事していて、幼い近藤を連れて山歩きをし、野宿しながら猟をおこなうこともあったそうだ。祖父母が死んだ後も、地元のひとたちはたびたび近藤伊八を見かけていた、よくひとりで山歩きをしていた、という。道理で、ヤクザにしては足腰がじょうぶなわけだ。

昨日の晩、付近の村では複数の車上荒らしの情報が、地元署に寄せられていた。干してあった柿を盗まれたとか、屋外の貯蔵庫から米と味噌を盗られた、という届け出もあった。

さらに今朝になって、突出峠《つんだしとうげ》の近くで単独行の登山者が襲われ、ザックはもちろん着ていた登山用の防寒着などを、身ぐるみはがされたという。

クマの仕業とも思えないし、山賊がいるはずもない。近藤伊八の犯行とみて間違いないだろう。

すぐに地元署が、近藤伊八の祖父母が住んでいた空き家を捜索したところ、ひとの出入りした痕跡を発見。しばらく待ったが、近藤が戻ってくる様子はない。地元署は山狩りの準備を始めたという。

安曇野の小林警部補からも連絡があった。〈あづみの探偵社〉の荻原志郎から話を聞いたところ、意外なことが判明した。

荻原はまだ岡章二に直接会ったわけではなく、電話で人捜しを依頼されただけだったそうだ。それでも、生まれて初めて本当に依頼人が現れたことに大喜びした荻原は、依頼通り、人捜しを始めたという。

「その対象者というのが、西村武彦《にしむらたけひこ》という男でしてね」

小林警部補は困ったように言った。

「大金持ちは言い過ぎだが、そこそこの資産家です。横浜《よこはま》にマンション二部屋と一軒家を持っていたことがあります。取り込み詐欺で実刑判決を受けて、岡と同じ福島《ふくしま》刑務所に服役し、出所後は所有する安曇野の山荘に引きこもっていたんです。周囲には芸術家だと言って、陶芸の真似事なんかしていたみたいで、順当に行けば容疑者第一号なんですが、なんとまあ、こいつが二ヶ月前に死んでるんですよ」

「へ？」

「山麓線に〈Ｖｉｆ穂高《ほたか》〉っていう物産館があるんですけど、御子柴くん知ってます？」

「地元産の野菜とか天然酵母のパンとか売ってる店ですよね」

「そう。あそこの駐車場で倒れたんです。車の中でね。寝てるようにしか見えなかったので、周囲もなかなか異常に気づかず、赤十字病院に担ぎ込まれたときには手遅れでした」

「死因はなんだったんですか」

「心筋梗塞です。六十八歳で、両親ともに同じ病気で死んでいるそうですから、れっきとした自然死ですね。身寄りがおらず、父親の従兄《いとこ》というのが北海道から出てきて荼毘《だび》に付し、遺骨を引き取った。遺産整理はこちらの弁護士が任されているそうで、まだすんではいませんがね」

　小林警部補は咳払いをした。

「以上の事実を、荻原氏はまだ岡章二に報告していませんでした。地元のことで、半日で調べはついたそうですが、岡本人が〈ディテクティヴ・カフェ〉に訪ねてくることになっていたので、あえて電話はしなかったそうです。最初で最後の依頼人かもしれない人間と、どうしても会いたかったと大騒ぎしていましたよ」

　私立探偵を夢見た男が、初めて依頼を受けたらその依頼人が殺された。そりゃ興奮もするだろう、と御子柴は思った。

「つまり、岡章二を殺したのは〈安曇野に住む、刑務所時代の知り合いで大金持ち〉ではない」

「ですね。ついでに言うと、荻原氏にも犯行は不可能です。岡が町田で軽トラを盗んでこちらにむかったその夜、〈ディテクティヴ・カフェ〉で、ハードボイルド作家・角田港大《つのだこうだい》先生の自作朗読会というイベントが行われました。荻原氏と角田先生は意気投合して、他のファン数人とともに夜中三時過ぎまで飲み交わし、結局カフェの二階にあるリビングでみんなで倒れてたと、複数の証言があります。岡章二の死亡推定時刻は午後九時から午前一時です。殺人はもちろん、東京まで軽トラを返しにいくのも、荻原氏にはムリだったわけです」

安曇野に他に知り合いがいたかどうか、安曇野に着いた途端にトラブルにあった可能性など、いろいろ調べてみなくちゃならないようです。小林警部補はそう締めくくった。

一気に動き出した事態に、急ブレーキがかかったようだった。埼玉県警による山狩りは三日にわたったが、甲武信岳《こぶしがたけ》で近藤らしい男を見た、とか、奥秩父主脈縦走路で見かけたのがそうかも、という曖昧な目撃証言を得ただけに終わった。

「まさか、アイツ山ごもりする気じゃないだろうな」

御子柴は合同捜査本部内でそんなつぶやきを聞いた。

「山ごもりったって、もう十一月も末だぞ。凍え死ぬだろう」

「山小屋はある。山に慣れてるんなら、春までもつんじゃないか」

「山狩りでスムーズに発見できればいいが。さもなきゃ大変だぞ」

あの日、町田で逃していなければ、という非難の空気を感じながらも、御子柴はあえて気にしないように努めていた。あの時点では、近藤伊八確保の指示は出ていなかった。おおかた、原古室長がなにか言いまわっているのだろうが、合同本部の人間にとやかく言われる筋合いはないはずだ。

むしろ、おおっぴらに非難されたら、なぜそんなに近藤伊八が大事なのか、原古に説明を求めることができるのに。陰でひそひそ言われるのは実にしんどかったが、調整役という立場上、自分がカリカリすれば、相馬管理官以下長野県警から派遣されてきた捜査員たちもぎくしゃくし始める。相馬に言われたこともあって、御子柴は身を低くしてやりすごすつもりだった。

もっとも、山狩りが不調に終わると、そんなことより近藤の身が心配になってきた。目撃証言が確かなら、ヤツは結局、秩父山系のどこかに潜伏しているということになる。秩父山系のどこかじゃ、あまりにザックリしすぎだ。

東京・埼玉・長野・山梨・群馬の一都四県にまたがる広大な山脈のどこか。このすべての警察、特に山裾にある自治体警察に注意情報をまわしているが、下山した近藤らしき人物を目撃した等の話はまったくあがってこない。逃げるほうも必死なのだろうが、山小屋で凍死しかけたとしても、居場所がわからなければ助けようがない。

といって、現時点では長野県警も警視庁も、大がかりな捜索隊など組む口実がないし。

やきもきしていると、五日目に小林警部補から着信があった。

「驚きましたよ、御子柴くん」

小林警部補の声はらしくもなく、うわずっていた。

「埼玉県警が見つけた、盗まれた軽トラですね。うちの機動鑑識班が埼玉まで行って、ようやく調べさせてもらったんですけどね。なんと、運転席から指紋が出たんですよ、近藤伊八の」

「……はあ」

そりゃ出るだろ。乗り逃げしたんだから。

「しかもですね、血痕も出たんです。岡章二の」

「はあ」

出ても不思議はないわな。前回、軽トラックを盗んで安曇野まで行き、死体になったのは岡章二なんだから。

「さらにですね、この両方が一緒になったもんまで出ちゃったんです」

「はあ？」

なんのこっちゃ。

「だからですね、御子柴くん。岡章二の血液でスタンプされた、近藤伊八の指紋が出たんですよ。わかります？」

「え……」

茫然とする御子柴を尻目に、小林はものすごい勢いでまくしたてた。

「岡だけじゃなく、近藤伊八も若くて痩せてて背が高かったんですよね。仮に〈あぶくま酒店〉の店主が目撃した最初の軽トラ泥棒が、これまで考えられてきたように岡ではなく、近藤だったとしたら、どうでしょう」

「それはいったい、どういう……」

「ですからね、近藤が岡のふりをするために、岡の赤いシャツを着たんですよ。安曇野に行くともらしていた岡の死体を安曇野に遺棄すれば、どうしたって警察の目は安曇野に集中する。殺人も安曇野でおこなわれたことになる。町田から目をそらしたかったんですよ。だけど、軽トラは町田に返さにゃならんかったわけです。他に東京に戻るアシもなかったから。酒店の店主に盗まれたことを気づかれないように、近所に返したんでしょう」

御子柴の頭がこのときようやく、やや支離滅裂な小林の話に追いついた。

岡章二を殺したのは、近藤伊八だった。そして町田から安曇野まで、死体を軽トラで運搬して遺棄した——小林警部補はそう言っているのだ。

「軽トラの運転席で採取された血指紋で、近藤伊八の逮捕状はとれると安曇野の捜査本部は考えています。実際にとれるでしょうね」

御子柴は言った。

「となると、彼は長野県内で認知された殺人事件の被疑者ですから、長野県警が身柄を押さえることになります。仮に、埼玉県警が逮捕しても、窃盗や強盗の聴取がすみ次第、長野に引き渡してくれるでしょう。さらにですね、これは近藤の供述待ちですが、殺人は町田市内——もっと言えば〈スナックはるこ〉近辺で発生したと考えられます。中山治子はあなたの知り合いだ。調べたのですが、あなたは立川警察署勤務時代に、岡章二の恐喝事件を扱っています。そのときに知り合ったんでしょうね。彼女は町田に知り合いがいるので、あそこに店を開いたと言っていた。そして、近藤伊八は合同捜査本部による家宅捜索が入る頃から、中山治子のスナックにかくまわれていた。あなたが一枚かんでいるとしか思えませんよ、原古室長」

原古源太はちらりと御子柴を見て、さらに御子柴の右膝を見て、唇を歪めた。うわあ、と御子柴は思った。

「原古よお、おまえ、長野が気を遣ってくれてるの、わかるだろ？」

玉森剛がのどかに口をはさんだ。

「こいつが長野県警だけのゲームになってみな。おまえさんの立場はサイアクだぜ。殺人犯をかばったと思われたって不思議じゃない。県警から特別聴取、てなことになってみろよ。八丈島に流されてもおかしくないぞ。出世頭ってのは、なにかと嫉妬されるもんだろ」

「だから？」

原古が初めて口を開いた。御子柴は唾を飲み込んだ。

「私なら、あなたの関与については目をつぶるように長野県警サイドを説得できる、と言ってるんです」

沈黙が落ちた。上野警察署の、物置のような小部屋は狭くて臭く、三人でも息苦しいほどだった。御子柴はそっと口で息をして、待った。

「ある信用金庫の元理事長の女房は」

唐突に、原古が話し始めた。

「表向きはとある中小企業の社長の娘ってことになっているが、実は苅谷孫一《かりやまごいち》の隠し子だ」

「苅谷って大八州連合会の？」

玉森が下手な口笛を吹いた。

「そうだ。この元理事長夫婦にはひとり息子がいる。血は争えないっていうか、しょうのない乱暴者で、ワガママで、サディストなんだ。本来ならとっくに塀の向こうに落ちているはずが、おじいちゃまのおかげで被害者はみんな泣き寝入り。ただし、あまりに度が過ぎたので、苅谷はこいつを間島組に託した。そのとき、お守り役のひとりとしてつけられたのが、近藤伊八だ。近藤はおぼっちゃまの高校以来の悪仲間《ワル》だからな」

それで、近藤は貫禄も実績もないのに、間島組でいい顔だったのか。納得する御子柴と玉森を尻目に、原古は続けた。

「〈大地と命の香り〉教団で女性信者が死んだ直後に、近藤から連絡があった。完全に怯えきってたよ。はっきりと口に出しては言わなかったが、どうやら暴行現場に苅谷の孫と近藤が居合わせたらしい」

「それって……ただ居合わせたってわけじゃ……ないですよね」

サディストの一言を思い出して、寒気がした。玉森が言った。

「それで間島組はあんなにおとなしかったんだな、あ？　苅谷の孫にまで捜査の手が及ばないように、自分たちだけで責任とるつもりなんだ。ただ、それには近藤伊八が問題だ。マル暴のくせに、前科が無銭飲食と万引きだもんな。おぼっちゃまのひどい拷問を間近で見せられて、すっかりびびっちまったあげくに、おまえのところに逃げ込んだ」

「ノー・コメント」

原古は言った。玉森が原古に詰め寄った。

「で、おまえいったいどうするつもりだったんだ？　近藤伊八が悶殺しをやったのはアクシデントだったとして、それさえなければ、近藤を手札にして、大八州連合会とどんな取引をするつもりだったんだ？」

「仮定の話なんかしたって、始まらないだろ」

「オレはな、原古」

玉森が吐き捨てるように言った。

「政治的駆け引きってやつが大嫌いなんだ。女性信者を拷問して死なせたのがそのおぼっちゃまなら、そいつをしょっぴく。それが正義だろ」

「オレだってそう思ってるよ」

原古室長は心外そうに答えた。

「ただ、なにごとにも時期ってもんがあるんだよ。今はダメだ。敵が完全に守りをかためてしまってる。高齢でも苅谷はまだぴんぴんしてるし、おぼっちゃまもフィリピンに遊びにいっちまった」

「この野郎、それを知ってて」

暴れる玉森を必死に止めながら、御子柴は訊いた。

「近藤伊八以外に、苅谷の孫の関与を裏づける証拠はありますか」

「それは長野さんの鑑識次第だろ」

ないんだ。

「てことは、もし、近藤伊八が大八州連合会にやられたら」

「なに言ってんだよ。近藤伊八の身柄は長野さんがおさえるんだろ。まさか長野県警さんともあろうものが、被疑者を殺させたりしないだろ」

原古はにやっとしてカフスを直し、玉森と御子柴の脇をすりぬけてドアを開けた。

「よろしく頼むよ、長野さん。アイツは大事な証人だからな」

6

それから一ヶ月がたち、年が明けた。秩父の山々も雪に覆われた。近藤伊八は正式に岡章二殺害の容疑者として指名手配されたが、その消息はまったくつかめなかった。

ただ、この冬、秩父山系では奇妙な遭難《そうなん》が相次いだ。町歩き用の革靴で沢を歩いて凍傷になり、携帯電話で救助を要請した者。ろくな装備もせずに山歩きをして、疲れて身動きできなくなる者。同行者とケンカになり、ピッケルを相手の手の甲に貫通させた者。届け出のないライフルを登山道でぶっ放したあげく滑落《かつらく》し、腰骨と脊椎《せきつい》を損傷した者。

中高年の登山がブームになって、冬山をなめ、おのれの体力を過信する登山者も、悲しいかな、珍しくなくなったが、この冬のダメダメ遭難者のほぼ全員が、大八州連合会傘下の指定暴力団の構成員、というのは、偶然とは思われなかった。

もちろん、聴取はおこなわれたが、彼らは趣味で山歩きを楽しんだだけだ、と言い張るばかり。苅谷孫一の名を出しても、知らぬ存ぜぬで押し通した。近藤伊八がまだ、殺されていない、ということがわかったのが、せめてもではあったが。

それ以外にはなんの進展もないまま、東京では梅が咲き、やがて桜が満開になった。その桜が散る頃になってようやく、小林警部補から連絡があった。

　電話の向こうはむやみとうるさかった。

「あのですね、御子柴くん。近藤伊八の情報がようやくあがってきたんですよ」

　小林の怒鳴り声を、御子柴は警視庁捜査共助課のデスクで聞いた。

「三日前に、秋以来久しぶりに川上村の別荘に行ったら、知らない男が居座っていたという通報があったんです。駐在が駆けつけたときには姿を消してましてね。調べたら、別荘から近藤の指紋が出たんです。トイレのタンクに残されていた排泄物の量からして、三、四ヶ月はここにいたみたいですね。電気は止まってましたが、薪ストーブで暖をとり、越冬したようなんですわ」

　川上村とは、埼玉・山梨と隣接する長野県の東のはて。秩父多摩甲斐《かい》国立公園エリアにあって千曲《ちくま》川《がわ》の源流を有する、山間の村である。

「そんなに長期間いたのに、誰も気づかなかったんですか」

「別荘の周囲の集落は廃屋だらけでして。よほどの物好きでもなければ、冬場は誰も入らないとのことでした。慌てて周辺を聞き込んでもらったら、それらしい髭ぼうぼうの若い男が徒歩、手ぶらでやってきて、小銭ばかりで食料品とケータイの充電用バッテリーを買っていった、という情報があがりましてね。地元の連中がジープであとを追ったんですが、気づかれて、また山中に逃げ込まれちゃったんですよ。あー、五郎《ごろう》山の方角だって言うんですけどね」

なんてこった。御子柴はうめいた。五郎山なら、二千メートルは超える。この時期、多少の雪解けはあっても、二千メートル級の山はまだどっぷり冬。歩いて秩父山系を探し回るなんて、無茶だ。

「でね、私いま佐久《さく》にいるんですがね」

小林警部補はいよいよ大声を出した。

「命じられて、これからヘリで上空から近藤の姿を探すことになりました」

「えっ。県警ヘリ、出すんですか」

ていうか、小林警部補が探すんですか。

「大丈夫ですよ。こう見えて私、動体視力がいいんです。近くの文字は読めませんけど、遠くのものは、くっきり見えます」

老眼自慢をされても、少しも安心できないが。

電話が終わると、興味津々に耳を傾けていた竹花一樹が小声で言った。

「いよいよ近藤伊八、山中での捕り物ですか」

「できれば町に下りてきてくれるといいんだけど」

もっとも、そうなれば大八州連合会がしゃしゃり出てきて、近藤をかっさらってしまう可能性がある。それなら、山にいてくれたほうが、まだマシかもしれなかった。

「またまた」

竹花は糸切り歯を見せて、

「御子柴さん、あれからずっと足腰鍛えてたでしょ。山捕り物に備えてたんですよね。秋に比べて、太股《ふともも》すごいことになってるもん」

御子柴は頭を掻いた。

なにも山での捕り物に備えてのことではない。このところ、右膝が痛いなと思って考えてみたら、東京に来てからトレーニングをしていないことに気づいたのだ。松本にいた頃は、本格登山はやめても山歩きは続けていたし、警察官が余暇に山で動けなくなって救助を要請するのはいかがなものかというわけで、それなりに身体を整えていた。それが環境が変わって、この一年、精神的に疲労困憊《こんぱい》ということもあり、すっかりさぼっていたのだ。

気がつくと、顔も丸くなっていたし、腹も……なにより、膝が痛くて誰かを取り逃がす、なんて失態は二度と犯したくない。

そんなわけで、あれからスクワットや股上げ、踏み台昇降は毎日欠かさず、近所のスポーツジムに入会し、空き時間ができれば必ず自転車を漕ぎに行った。寝る前のストレッチ、腹筋と背筋の強化。体重も落とした。おかげでスーツを買い換えるハメになった。足がぱつぱつで、ズボンに入らなくなったのだ。

「冬山装備のザックも用意してましたよね。行く気ですね」

竹花はなんだか嬉しそうだった。

その日、それきり小林警部補からの連絡はなかったが、翌日の昼過ぎに着信があった。

「もう、参りましたよ」

小林警部補は元気に言った。

「ヘリで山小屋や山道にこう、ぐうっと降下するわけですよ。私、ヘリに乗るの初めてでして、テレビやなんかで見てるとかっこいいけど、あんな恐ろしい乗り物だとは思わなかった。うちの航空隊長は凄腕なんだそうですけど、素人にそんなことわかりませんもんね」

稜線を行くと、ときどき雪が舞い上がってなにも見えなくなるし、機体も風で右に左にと揺すられる。振動に身を任せているうちに、肝っ玉が下に落ちていくような感覚を覚えるし、ヘリは旋回したり降下したり、いやはや冷や汗が止まらなかった、と小林は言った。

「けどまあ、ヘリ飛ばすのにとんでもない金がかかりますから、稜線や山小屋のまわりなんかを必死になって観察したんですけどね。足跡や人影はいくつか確認できましたが、近藤伊八かどうかまではさっぱりわかりませんでした」

上空からの偵察は不調に終わったが、その日の夕方、御子柴は捜査共助課の課長に呼ばれた。

「明日早朝、奥秩父に行ってくれ」

「どういうことです？」

「長野県警から連絡が回って、埼玉県警が明日早朝から、山狩りを再開する。近藤伊八が勝手知ったる奥秩父に戻ってくるんじゃないか、と考えているらしい。それを聞いて、長野県側も捜索隊を出す。五郎山から十文字峠《じゅうもんじ》、奥秩父のほうへ攻めてくるんだそうだ」

御子柴はあのあたりの地図を思い浮かべた。五郎山から十文字峠のほうに下りれば、奥秩父に戻るルートは三つほどある。

「挟み撃ちにするわけですね」

「そう思惑通りにいくかはわからんが、となると警視庁も傍観してるわけにもいかない。埼玉県警の山狩りに、合同捜査本部の人間も同行させてもらうことになった。その代わり、まずはガラを埼玉さん、次に長野さん、最後がウチってことで話がついたそうだがな」

苦いものでも食べたような顔つきだが、一年のつきあいで、別に腹をたてているわけではないとわかる。疲れが溜まって、古傷が痛むのだ。

「私が行っていいんでしょうか」

「ぜひ参加させてやってくれ、と相馬管理官に頼まれてるんだ。大きな顔してまざっとけ。ただし、遭難はするなよ」

深々と頭を下げると、課長はさらに苦々しい顔つきで、早く帰れ、と手を振った。

翌朝、奥秩父に集まったのは、埼玉県警二十人、警視庁八人（長野県警からの出向者、すなわち御子柴を含む）の計二十八人だった。これが三つのグループに分けられ、御子柴は玉森主任とともに、川又《かわまた》から入川《いりがわ》林道を行くコースに割り当てられた。

正直、ほっとした。十文字峠までは最短コースだし、一部をのぞけばまあまあ楽な道筋だからだ。山歩きは一年ぶり。しかも歩くだけならともかく、目的は捕り物だ。

それに、いくら別荘にいたとはいえ、近藤伊八も相当に消耗しているはず。そのうえ逃げ出したときは手ぶらだったそうだから、奥秩父に戻ろうと考えたにしても、北の大山《おお》・赤沢山《あかざわ》を経由するルートや、甲武信岳から破風山《はっぷざん》を経由して南を大回りするルートより、近道を選ぶのではないだろうか。出くわす可能性は高い。

途中でくたばっていなければの話だが。

六時に川又を出発した。チームリーダーは埼玉県警の藤井《ふじい》といい、ぬいぐるみのクマが歩いているように見えた。奥秩父出身で、志願して今は地元の駐在所勤務だという。

「まあ、赤沢吊橋までは、なんてことない道ですよ。雪もないしね」

歩き出しながら、クマは言った。

「森林鉄道の軌道跡ですからね。夏には廃線マニアっていうんですか、ああいうひととか、入川で渓流釣りをやる連中なんかが来ますよ」

まだ日も低く、風が頬を刺すほど冷たかったが、確かに歩きやすい道で、心地よく汗をかいた。誰とも行き会わぬまま二時間もたたずに赤沢吊橋についた。一休みするあいだにヘッドランプをしまい、冷えないようフリースを着込んだ。

「近藤伊八ってのも、考えてみりゃたいした男だよな」

ポットに入れてきた珈琲《コーヒー》を飲みながら、玉森が言った。朝、玉森に声をかけられたとき、一瞬、誰だかわからなかった。たくさん着込んで胴体がふっくらし、モヤシではなくなっていたからだ。見ていると、ときどきファスナーを下げて胸元に手を突っ込み、なにかを取り出して口に入れている。どうやらコンビニで売っている、一口サイズのあんドーナツらしい。

「山の中逃げ回って、真冬に四ヶ月も身を潜《ひそ》めてさ。いくら山育ちだって、誰にでもできることじゃないだろう」

「褒《ほ》めてる場合ですか。殺人犯ですよ」

「うーん。なんだろうけど」

玉森が顔をしかめて、あんドーナツの空き袋を胸から引っ張り出した。たたんでポケットに丁寧にしまう。さらに次の袋を防水着の下から取り出して、口を開けた。

「なんかさ、歩いてて思ったんだけど、アイツの前科」

「無銭飲食に万引き、ですか」

「こういう山の中で、あるものを取って、食って、育ったわけだろ？　なんか、ぴったりくるよな。でも暴力傾向はないのに、いきなり殺人って、どうよ」

「血指紋があったんですよ」

玉森は答えずに、あんドーナツを二つ三つ口に入れ、カップを振って滴を飛ばすと、ザックにしまい込んだ。

「長野よ、膝はどうだ」

「サポーターもしてきたし、問題ありません。念のため鎮痛剤をもらってきましたから」

「コンドロイチンならあるぞ。いつでも言え」

いやそれ、今もらっても効きませんから。毎日飲んでないと。

玉森の言ったことが気になっていたが、ふたたび歩き出すと、それどころではなくなった。薄日が差していたのが暗くなり、ぱらぱらっと雨が降ってきたのだ。

足下もいきなり悪くなった。道が落ち葉に覆われて、その下が凍っている。先頭が滑って転倒しかけ、一行は慌ててアイゼンを履いた。アップダウンも激しくなり、厳しい道が続く。雨はやんだかと思うと強くなり、かと思ったら不意にやんだ。ほっとしたが、一気に十度くらい温度がさがったようだった。頬が凍るように冷たくなった。

ガレ場にはうっすら雪が残っていた。ほとんど這《は》うようにして前を行く人間に続いた。手をかけて体重をのせた途端に雪がずるっと滑り、顎《あご》を岩にぶつけそうになった。谷底へ転げ落ちそうな箇所、小沢を渡らなくてはならないところもあった。ところどころにロープが張ってあるにはあるが、あるだけで、あまり役には立たない。

玉森が滑って前のめりになり、あんドーナツが胸元からどっと地面に転がり落ちた。彼は小声で悪態をついていたが、じきに黙り込んだ。みんなの息づかいで、よけいに森の中の静けさが際だった。樹の上の方から、雪とも氷の塊ともつかぬものが落ちてきて、目の前で砕けた。

なんだかなあ、と御子柴は白い息を吐きながら思った。オレ、いったいなんだって山岳遭難救助隊に入って人を助けたい、なんて思ったりしたんだろう。振り返れば、大学の山岳部にいた頃だって、警察に入ってからの入山訓練の時も、自分の面倒すらろくすっぽみれてなかったんじゃないだろうか。根拠のない自信にあふれ、命をかけて人の役に立とう、なんて思っていたけど、あの頃、無事に下山できていたのは、ただ運が良かっただけかも。ていうか、オレってホントに山が好きなのか。今だって、仕事でなきゃさっさと帰りたいぞ。

そうだ、仕事だ。近藤伊八を保護、いや、逮捕しなくちゃ。原古なんかにバカにされてたまるか。女性を拷問して死なせるようなクズに、大手を振って歩き回られてたまるか。

何度か休める場所を見つけて、全員で立ったまま水分を補給した。タッパーに入れて用意してきたレモンの輪切りの砂糖がけをみんなにまわした。スポーツドリンクやクエン酸ドロップが一般的でなかった時代にはこれだった、と両親が遠足には決まって持たせてくれたものだ。べたつくし、機能的ではないから、子どもの頃は文句たらたらだったが、今回も、まっさきに用意してしまった。

　脱落するかと思っていたのに、玉森は意外と平気な顔でレモンをしゃぶっている。埼玉県警の若いのが、真新しい登山靴と靴下を脱いで、泣きそうになりながら指を調べていた。クマさんが言った。

「この程度でへばるなよ。山ガールに笑われるぞ」

　悪天候はあのときかぎりだったようだ。予定通り、十一時前に柳避難小屋に到着したときには、太陽が顔をのぞかせていた。

「腹が減ったぞ。ここで食事休憩だ」

　玉森がまっさきに小屋に駆け寄った。扉を開いて、頓狂《とんきょう》な声をあげた。

「いた」

　全員が小屋に殺到した。髭も髪もぼさぼさで悪臭をはなつ男が、小屋の片隅にうずくまっており、けだるげに目を開けた。

「近藤伊八だな。警察だ」

「ケーサツ？」

　男はぼやっとみんなを見回した。

「ホントにケーサツ？」

「本当に警察だ」

　玉森がバッジを取り出すと、雪目になったらしくつぶれかかった目で、男はじっとそれを見て、また壁にもたれた。

「ケーサツなら、いいか。はい、近藤です」

　玉森に脇腹をこづかれ、御子柴は咳払いをした。

「あなたは岡章二さん殺害の容疑で長野県警から指名手配されています。この場で逮捕しますが、わかりましたね」

「えー」

　近藤は目をぱちぱちさせた。

「殺してないよ、オレ」

7

　近藤伊八を乗せた救急車を埼玉県警のパトカーが数台、護衛するように取り囲んで、川又から走り去っていった。御子柴と玉森は迎えの車を待つことになり、それを見送った。

　かばって歩いたせいか膝は無事だったが、腰が重い。歩く力もなくなった近藤に昼飯を食わせ、自分たちも腹ごしらえすると急いで担架に乗せ、交替でかつぎながら来た道を戻ったのだ。担架担当でないときは他のひとの荷物も持つことになってなかなかしんどかった。まあ、雨がないだけマシだったけれど。

まさかとは思ったが、大八州連合会のヒットマンに襲われる、という山岳冒険小説さながらの展開にならぬともかぎらず、行きとはくらべものにならないスピードで駆け戻ったせいもあるかもしれない。御子柴は荷物を下ろしてゆっくりストレッチをしていたが、玉森の怒声に驚いて、腰をひねりそうになった。

「どうしたんですか」

ケータイをへし折らんばかりに閉じた玉森は、吐き捨てるように答えた。

「原古だよ。苅谷孫一が入院したってよ」

「いつです」

「一昨日だとよ。倒れてまだ意識が戻らない。そろそろ米寿《べいじゅ》だし、もうおしまいだろ。これで大八州連合会内の勢力図が変わるって、けろっとしてやがる。だったらヒットマンなんか来るわけがない。そうと早く教えりゃいいのに、黙ってやがったんだ。あいかわらず、性格のひねこびた野郎だ」

玉森は胸に手を突っ込んであんドーナツの袋を引っ張り出し、なんだよ、終わりかよ、とわめいて袋を折りたたんだ。見ると、着ぶくれてはいても、モヤシに戻って見える。いったい何袋のあんドーナツを隠し持っていたのやら。

御子柴はストレッチを再開しながら、考えていた。

殺人を否認した近藤は、握り飯を食べるあいまに簡単な聴取に答えた。

いや、殺したのは〈スナックはるこ〉のママだよ。ママが息子をはり倒して、息子が出て行って、しばらくしてオレが外廊下を見たら、岡章二っての？　アイツが倒れて死んでたんだ。

だったらなぜ、危険を冒して安曇野まで死体を捨てに行ったのか、という質問に、近藤はしばらく答えなかった。ややあって、ママに世話になったから、あの息子は安曇野に行くんだと言ってたし、とぼそぼそ答えはしたのだが。

あの巨体に殴られたら、体罰を通り越して傷害事件になるかも。中山治子に会ったとき、御子柴もそう思ったのだ。それが傷害事件どころか殺人事件になってしまった——近藤の言い分を鵜呑《うの》みにするわけではないが、否定もできない。

それでも、近藤伊八が積極的に中山治子をかばったとはどうしても考えられなかった。この二人がそれほど深く結びついているようには思えないのだ。

そこで一つ気になるのが、小林警部補から聞いた事実である。山荘近くの聞き込みの結果、近藤らしき男が食料とケータイのバッテリーを買った、ということがわかっている。近藤は捕まったとき、ケータイを所持していなかったから確認はできないが、誰かに連絡するためにバッテリーを買った、とみるのが妥当だろう。誰に連絡したのか。考えられるのはただ一人——原古源太室長である。

　そう考えてみると、近藤が安曇野に遺体を捨てに行ったのは、原古の指示だったのかも。原古にしてみれば、中山治子と殺人と自分、それに近藤伊八、すべてを知られたくなかったはずだ。あのとき、中山治子がスナックの看板を引きずり出し、店から出てきた近藤は言った。

「おい、おまえ、今日は休んで誰にも会うなって」

　本当は、自分と竹花は中山治子に会えず、もちろん近藤伊八がそこに潜んでいるなど知るよしもなく、すごすご帰るはずだったのかもしれない……。

　小林警部補ならどう言うだろう。自分の考えに賛成してくれるだろうか。原古室長ににを訊くべきか、彼をどうすべきか、教えてくれるだろうか。

　だけど、そもそもこの件って、小林さんに相談することなのかな。

　相談する相手は他にいるんじゃないか。玉森とか竹花とか、うちの課長とか。

「車が来たぞ」

　玉森が荷物を持ち上げながら、言った。御子柴はストレッチをやめて、起き直った。セダンがふたりの前に停まり、御子柴は目を疑った。山中でなくてもじゅうぶんに寒い奥秩父に、古びたトレンチコートの男が降り立ったのだ。

「小林警部補！　なんでここに」

久しぶりに見る元上司は、にこにこしながら手を振った。

「お手柄でしたねえ。知らせを聞いて、県警ヘリにムリ言って、こちらの警察署まで運んでもらったんですよ。あ、こちら、警視庁の方ですか。玉森さん？　以前、電話でお話しした小林です」

玉森が耳まで真っ赤になった。御子柴は訊いた。

「あれ、ふたりは話したことあるんですか」

「玉森さんから電話をいただいて頼まれたんですよ。機会があったら御子柴くんに、これを送って欲しいって。こっちも忙しくてなかなか——良かった。これで、ようやくお渡しできます」

そう言って、トレンチコートのポケットから小林警部補が取り出したのは、飯田屋飴店の〈あめせんべい〉であった。

# あとがき

ある日、編集者が原稿の依頼にやってきて、こう言った。

「小林警部補の連作短編を五本ほど書きませんか」

小林警部補？　誰それ。

話が進むうちに、自分が二十年前にこしらえたキャラクターで、短編集『プレゼント』に登場することは思い出した。倒叙もののミステリのアイディアを思いつき、後半登場する探偵役をどうしようかと考えた時点で締め切りをすぎていて、倒叙の探偵といやコロンボだろ、と急遽《きゅうきょ》パクったキャラだっけ、とよけいなことまで浮かんできた。しかし、それ以上はさっぱりだった。年はいくつだ？　どこの警察の所属だ？　どんな性格だっけ？

が、わたしにも見栄というものがある。まさか、短編集を出してくれた出版社の編集者に、そんなヤツのこたあすっぱり忘れました、とは言えず、はいはい小林警部補ですね、などとごまかしているうちに引っ込みがつかなくなり、依頼を引き受けることになってしまった。

家に帰って慌てて小林警部補が登場する短編を読んでみた。

コロンボと違って彼にはファーストネームがあり、娘のセーラームーンの自転車を借りて乗っており、御子柴《みこしば》くんという若い相棒がいた。この、御子柴という名前も雑につけられた。横溝正史《よこみぞせいし》作品に「御子柴少年」ってのが出てくる。小林少年と御子柴少年……いい加減な連想だ。

読み終えて、頭を抱えた。この男はたぶん、四十の半ばだろう。となると今頃は定年退職しているはずだ。相棒の御子柴くんが山岳警備隊志望だったから、彼らの所属している県警とやらは富山とか群馬、山梨あたりだろうけど明確な記述はない。小林警部補はよほど作者から愛されなかったとみえて、変な登場の仕方ばかりしているから、どんな性格なんだかさっぱりわからない。

どうしろっていうんだ。

ふてくされて考えるうちに、これはむしろいいことなんじゃないだろうかと思いついた。二十年が失われたあとの登場ではあるが、年はあんまりとってないし、好きな県で活躍していることにすればいい。ていうか、小林警部補を主人公にする必要だってないではないか。

そこで主人公をまだ若い御子柴くんにすることにした。主な舞台を具体的な地方にするとあれこれボロが出そうだったので、警視庁に出向中の県警の捜査員になった。どこの県警？　もちろん、長野県である。

中央線沿線で育った多摩の人間にとって、信州は近しい。数時間で行ける手頃な旅行先、しかも松本、軽井沢、上田に馬籠《まごめ》・妻籠《つまご》、なにはなくとも善光寺、とすてきな観光地には事欠かない。私の趣味は旅行先のアルバムを作ることで、家に信州関係の資料がたくさんある。それに、なんといっても信州は美味《おい》しい。おやきの専門書もあれば、信州の料理本もある。おまけに信州を舞台にすれば、それを口実にまた遊びに行ける。雷電くるみ餅や軽井沢プリンや五平餅、各地のグルメを味わうことができる……！

そんな次第で、『御子柴くんの甘味と捜査』は出来上がった。満足する一方、心残りもある。おやきをトリックに使えないかと知恵を絞ったが思いつかなかったし、わが調布市と姉妹都市である木島平村の美味しいトマトジュース「太陽の子ども達」を登場させられなかった。まだ食べていない甘味もいろいろある。飯田の水まんじゅうとか、ナガノパープル（葡萄《ぶどう》ね）が入った大福とか、東御のクルミ最中などなど。本書が無事上梓されたら、お礼参りと称してまた信州に足を運んでみようかしら。

最後に、本書執筆にあたって、『長野県犯罪実話集　捕物秘話』（11～14集・防犯信州社）、『和み菓子をめしあがれ』（金井奈津子著・信濃毎日新聞社）、雑誌「ＫＵＲＡ」「わがまちわがむらお国自慢　信州全市町村ガイド」などなど、たくさんの著作・資料にお世話になりました。また、中央公論新社の渡辺千裕さんに感謝を。あなたが見捨てられたキャラクターを持ち出し、作者を叱咤激励、ダメ出しのかぎりを尽くしてくれなければ、この本はできませんでした。ありがとうございました。

若竹七海

二〇一三年四月〜十二月　中央公論新社ホームページに掲載
本書は文庫オリジナルです。

中公文庫

# 御《み》子《こ》柴《しば》くんの甘味《かんみ》と捜査《そうさ》

2014年6月25日　初版発行
2020年8月30日　6刷発行

著　者　若《わか》竹《たけ》七《なな》海《み》

発行者　松田陽三

発行所　中央公論新社
〒100-8152　東京都千代田区大手町1-7-1
電話　販売 03-5299-1730　編集 03-5299-1890
URL http://www.chuko.co.jp/

DTP　嵐下英治
印　刷　三晃印刷
製　本　小泉製本


Published by CHUOKORON-SHINSHA, INC.
Printed in Japan　ISBN978-4-12-205960-3 C1193

定価はカバーに表示してあります。落丁本・乱丁本はお手数ですが小社販売部宛お送り下さい。送料小社負担にてお取り替えいたします。